尋找詩花的路徑

落　　蒂著

文　學　叢　刊
文史哲出版社印行

國家圖書館出版品預行編目資料

尋找詩花的路徑 / 落蒂著 -- 初版 -- 臺北
市：文史哲，民 100.04
頁； 公分（文學叢刊；249）
ISBN 978-957-549-963-1（平裝）

1.新詩 2.詩評

820.9108　　100005995

文學叢刊 246

尋找詩花的路徑

著者：落蒂
出版者：文史哲出版社
http://www.lapen.com.tw
e-mail：lapen@ms74.hinet.net
登記證字號：行政院新聞局版臺業字五三三七號
發行人：彭正雄
發行所：文史哲出版社
印刷者：文史哲出版社
臺北市羅斯福路一段七十二巷四號
郵政劃撥帳號：一六一八〇一七五
電話886-2-23511028．傳真886-2-23965656

定價新臺幣二六〇元

中華民國一百年（2011）四月初版
中華民國一百年（2011）六月初版二刷

ISBN 978-957-549-963-1　　08249

尋找詩花的路徑

目次

楔子

《尋找詩花的路徑》仍然是一冊爲現代詩美麗的風景，指指點點的一本書，和多年前的《中學新詩選讀》、《詩的播種者》一樣，是一本企圖爲現代詩的愛好者解惑，想吸引更多讀詩人的書。

感謝《創世紀》詩雜誌的掌舵者張默先生爲我開了一個專欄「詩與詩人二重奏」，於是一本書於焉誕生，謝謝。另外本書有幾篇登在《台時副刊》和《乾坤詩刊》，該兩刊主編黃耀寬先生和林煥彰先生，也是本書的催生者，當然要特別感謝文史哲老闆彭先生，不計成本，願意出版本書。

我希望不斷有詩的愛好者加入，使詩國人口更加茂盛，也不枉我多年來孜孜矻矻於詩的賞析了，謝謝你的閱讀。讓我們更期待詩的花園，更花團錦簇。

透視人生的悲歡

——李進文詩作賞析

一、詩選：

小詩三首

孩子

愈來愈重，我抱著你愈來愈重
時間啊在我體內愈來愈
輕：你抱著我。我愈來愈輕
你自胸前將我放下——鏽得好瘦的
一枚十字架

誕生

太陽出來
由遠而近：你是粉紅的、彈跳的
你是圓圓的、泛著透明血管的瓷——你是
水晶快樂的裸禮，在火中甦醒
你笑成琉璃，哭成陶器……
輕輕擦拭且停止搖晃，母親啊
生命如此易碎

授乳

我抱著夢嗎？為何這麼灼熱
啊，都快融化了，我的手
我的胸口……
當乳汁在胸前的小小繡花手帕上
漫開；我向草原盡頭的橡樹急切地跑去

那熟悉的影子對我招手
以蘋果香的眼睛

一、曾刊於八十六年三月二十八日《中國時報》人間副刊
二、選入八十六年《年度詩選》
三、收入李進文詩集《一枚西班牙錢幣的自助旅行》（爾雅出版公司）

二、作　者

李進文，台灣高雄人，一九六五年三月九日生於高雄縣茄萣鄉白雲村。先後就讀砂崙國小、茄萣國中、台南二中。一九八五年考入逢甲大學統計系。曾任編輯、記者、明日工作室總編輯。是得獎常勝軍，先後獲得第十九屆時報文學獎新詩評審獎（1996），第十九屆聯合文學獎新詩首獎（1997），第一屆台北文學獎（1998），第二屆台灣文學獎新詩評審獎（1998），第二十一屆時報文學獎新詩評審獎（1998），第十一屆中央日報文學獎新詩評審獎（1997），第二十三屆聯合報文學獎新詩評審獎（2004），林榮三文學獎新詩首獎（2005）等。

出版有詩集《一枚西班牙錢幣的自助旅行》（爾雅出版公司）。《不可能；可能》（爾雅出版公司）。《長得像夏卡爾的光》（寶瓶文化出版）。作品充滿前衛性，十分重視題材、意象、節奏、內容及形式的突破，讀者往往在閱讀中充滿讚嘆及驚喜。

小詩三首就是他以自己獨特的觀點和技巧，探討一般詩人常探討的人生過程，《孩子》乙首以父子成長的對比，《誕生》乙首以日出的意象及玻璃、陶瓷等易碎明喻人生，《授乳》乙首則透過孩子的異常感受，抒發人生的夢樣迷離哲思，寫出人一生中最快樂的時光，就在那授乳的瞬間。

三、詩的主旨與詩人心思的探討

許多詩人都曾以各種方式來探討人生，李進文也不例外，他以三首小詩探討成長的經驗，甚至聯想到一生。我以爲這首詩本來的順序應是先《誕生》，然後才《授乳》，最後才以《孩子》的成長，來舖衍人生由出生到老。孩子成長是越來越重，而父親是愈來愈輕，終致瘦成十字架。這種成長的反差對比，寫盡了生命的無可奈何。

因此，作者就先下結論，已「好瘦的一枚十字架」，刻劃出父母育子的艱辛，然後再以「生命如此易碎」，來述說母親育子過程的如何「戰戰兢兢」。最後以授乳來暗示那美麗的瞬間，是生命中最令人懷念的時刻。

這三首小詩，就是記載作者某些時刻心中的特殊感受，他像記日記一樣，把這些感受，一一筆之於詩，寫出了他這一時刻的心思。他曾在詩集《不可能；可能》的序文〈輕〉中說：「這些詩，就是我這幾年的日記。」

其實作者和許多詩人一樣，把寫詩當成寫日記，記載心中思緒在某些時刻的流動變化。因此作者也引用了帕斯（Octavio paz）的話來證明自己的觀點：「詩集是一種日記，作者試著保存若干特殊的時刻，無論是喜悅或不幸。」

四、詩中的意象及修辭

作者以生動的意象，使用修辭法中的「形象化手法」，用具體事物來說明抽象的理念。例如第一段「好瘦的一枚十字架」，用來描寫父母年老時的狀況，十分清楚明白，其他再多的話都是多餘。尤其是十字架，父母爲子女背十字架，彷彿天經地義，但也因而引來諸多詩人的讚嘆，例如詩經〈蓼莪〉。

第二段以「太陽出來」來描述新生，以瓷、玻璃、陶器來描述「生命如此易碎」，深刻而生動，「輕輕擦拭且停止搖晃」，更顯出母親育子的小心謹慎。

第三段以「抱著夢」來描述人生最美好的時期是授乳期，小孩抱著母親吸乳，甜蜜而滿足，如同夢幻一般，人生沒有很長的時期像此時期之美好。「這麼灼熱」和「都快融化了」以及「我的手」，「我的胸口」都在暗示一種焦慮，一種幸福很快會消逝的焦慮。作者以「乳汁在胸前的小小繡花手帕上漫開」及「向草原盡頭的橡樹急切地跑去」和「那熟悉的影子對我招手」，「以蘋果香的眼睛」等意象，再度描述授乳期的美好，一再重複，可見其眷戀之深。亦可以用「追述示現」的修辭手法來看待它們。

詩的成敗關鍵，在於作者對於意象在修辭手法運用的高低。高手，往往可以用具體有感的形象掌握內心抽象無形的概念，加以精準的表達，如同作者這一首詩一樣是以表達抽象的理念爲主時，意象的使用成功與否，就十分重要。

五、其他詩藝成就探究

一首詩是一項追求各種完美的藝術，每項都接近完美，其成功率，被接受度也就越高。這一組小詩，有下列成功的詩藝，值得探究：

第一、創意的情節設計：以第一首爲例，作者巧妙的創造了父子彼此的「抱」之情節。父抱子，感覺子越來越重，明白兒子正在長大，內心是欣喜的；對比兒子抱老父，卻越來越輕，暗示父正年老多病，且爲子終生操勞，如同背負十字架。這種對比的反差設計，讓人感覺時間正在消逝，「時間啊在我體內越來越輕」，時間是沒有重量的，以有形的重量暗喻生命的無形消逝，讓人感受到與生俱來的，無可奈何的悲哀。父親的體重越來越輕，時間越來越少，讓人興起孝順需及時的感悟。

第二首設計一個母親照顧小孩，如同擦拭陶瓷、玻璃器皿之小心翼翼，暗示母親的愛天高海深。

第三首以授乳之溫暖美妙，歌詠人生以此段光陰爲最美好。

第二，比喻的巧妙運用：以「好瘦的一枚十字架」暗喻父親爲我操勞竟至如此瘦弱。以「太陽出來」暗喻人生剛開始，誕生的愉悅如同剛昇起的太陽，粉紅的、彈跳的，而小孩是「圓圓的、泛著透明血管的瓷，弱小而易碎，」其他水晶、琉璃、陶器等都同樣易碎，母親都要小心呵護。

第三首以「胸前的小小繡花手帕」來比喻童稚哺乳時期人生的美麗，十分生動。以「蘋果香的眼睛」暗喻那對我招手的熟悉影子，令我痴心想念，更肯定了授乳期人生的美好。

第三、節奏的良好掌握：以第一首爲例，第一句就重複了「愈來愈重，我抱著你愈來愈重」，在語氣上造成了節奏感。第二、三行「時間啊在我體內愈來愈輕」把輕寫成第三行的開頭，時間之後又加一個啊字，不但讀來語調鏗鏘，節奏韻律感十足，而且又利用這種節奏韻律，呈現了文意的轉換，輕、重成對比反差。這裡重點在強調「輕」。

第二首第二行第三行內「粉紅的」，「彈跳的」、「圓圓的」…等一連串的「的」，讀來仍然鏗鏘有力，韻律感十足。

第三首前面三行，也有迅速加強的節奏感，尤其是第二行「啊，都快融化了，我的手」然後迅速接到「我的胸口……」如同奔騰的河流，人生就像河流，奔出山的源頭，如同孩子出生時，開始了生命之旅，那種即將出發的奔騰感在此節詩中，節奏十分明顯。我們在朗讀這三節小詩，由節奏聲調中，感受到作者生命之河的抑揚頓挫，波濤洶湧。

第四是量詞的變異：時間是無形無味無重量的，只能用時鐘、沙漏等有形的東西去測量，但作者此刻的時間竟然在他體內越來越輕，顯然把抽象的感覺變成有形的重量去衡量，是一種量詞的變異。張默的名詩《戰爭，偶然》就有這種巧妙的變異：「一帖，小小的偶然」，抽象的偶然，卻可以以一帖計，你說不妙嗎？

第五、感官的變異：例如第三首末行「以蘋果香的眼睛」，外表是視覺的，臉蛋如蘋果，可以，但用蘋果的香味來形容眼睛就十分新鮮有味，也就是感官的變異使用，俗稱通感，此處即把視覺當味覺用。

六、結　論

作者曾說：「我清楚自己的特質和擅長，且極力展現、開發。」我們也可以從以上所選的三首小詩中，窺見作者的詩藝，但若能從已出版的詩集和已發表的詩作去作全面的研究，當更有助於瞭解作者成就的全貌。

開發新形式，創造新隱喻，錘鍊新語言等是有創意的詩人極大的自我期許。在新詩既有的成就中，尋找新的表現方法，重鑄新意，避免重複是檢驗詩人最好的試金石，我將尋找機會對作者的詩藝，再作全面的評估透析。

突破公式化的人性書寫

——讀孫維民作品〈異形〉

一、詩選

異形　孫維民

如此強悍痛苦在我的體內我無法以眼睛嘴巴性器將它排出我不能用聲影液體煙霧
將它殺死

我在信封上書寫姓名地址
我拿起電話按下一堆數字
我走進黑暗的街道直到破曉
我駕著車任憑儀錶求救尖叫

尋找詩花的路徑

我打開門找到床枕
躺下以前照例我
祈禱

可是始終它在生長還在我的體內像某種外太空的
異形指節伸進我的指節如同手套腳掌踩壓我的腳
掌彷若鞋子它的身體終於取代了我餘下空殼的我
不過是它臨時的居所偽裝

除了我
沒有人知道
除了它
沒有人知道

（首刊於一九九三、十二、二十四中國時報人間副刊選入《八十二年詩

選》收在孫維民詩集《異形》書林出版）

二、作者

孫維民，一九五九年生，政大西語系畢業，輔大英研所碩士。曾獲時報文學獎新詩評選獎及首獎、藍星詩刊屈原獎第二名、中央日報新詩佳作獎、優秀青年詩人獎、梁實秋散文獎佳作及首獎等。著有詩集《拜波之塔》、《異形》、《麒麟》等。

作品曾入選多種詩選，並獲名家評介讚美。例如收在《異形》詩集中就有多首。余光中特別欣賞〈心的暗室〉（八首），評曰：「這些警句佳篇，正如孫維民最好的某些作品，善於調和知性與感性，而將詩意提升到形而上的微妙之境，每令我想到里爾克。瘂弦先生說，令他想到馮至。因爲馮至反彈了里爾克的金屬之聲。四十年代的鄭敏也有意師里爾克之道，但是孫維民已超過了她。」可見余氏對孫維民評價之高。另外余光中也對〈一日之傷〉有所鑑賞，他說：「此詩手法獨特，將濃重的悲哀戲劇化，而臻於詩末二行之高潮，以對仗之嚴整武斷，把詩情提升到哲學與宗教之間，美得令人驚悚戰慄。」

蔣勳也對〈有人不喜歡談論死亡〉（四首）有所評價：「作者在幾近於平淡的語言中反覆以格律的調子推展開與『死亡』主題若即若離的變奏。因爲語言基調的穩定掌握，因爲格律（不同於唐詩宋詞的格律）如波濤一般的反覆盪漾，作者在理性與感性交錯的佈置中說服了我們『不喜歡談論』的『死亡』恰恰是生命無所逃遁的最終主題。」白萩也以〈換位的觀察〉短評，評鑑了〈三株盆栽和它們的主人〉乙首：「作者以盆栽的反逆觀點，描述它們的主人，造就了少見的奇異性觀察，它是此詩引人的地方。……酘全詩的敘述通篇雖然冷澈，但由於盆栽與主人的互動關係，讀後讓人感到充滿互憐互愛的情緒。」商禽更在〈大夢〉乙首中指出：「朝九晚五的生活，對忙碌的現代人而言，怎麼都是一場夢。」短短兩三句話，讀者對〈大夢〉乙詩，瞭解大半矣！

三、探討詩的主旨

這首詩的主旨在描述作者一段痛苦的愛情，它像「異形」一樣，一直糾纏著他，使他終日不得安寧。

作者借用電影《異形》來描述這個闖入者，可見「情」字傷人之深、之痛。《異形》中生物藉人體繁殖後代的故事，令觀眾感到萬分恐怖，作者巧妙把這種情節加在第三段上，說它像外太空的異形，生長在他體內，指節像手套伸進作者的指節，腳掌壓著他的腳掌，像鞋子，身體取代了作者的空殼……。而這竟是它，這個「情」字臨時的居所僞裝。這麼厲害的「異形」當然除了作者，沒有人會知道，也只有「異形」知道，別人當然更不知道。

這個「異形」到來時，它強悍得讓作者十分痛苦，用盡全身的力量，包括眼睛、嘴巴、性器都無法將它排出，也不能用聲影液體煙霧將它殺死。寫盡了當一個人陷入情感的旋渦，無法掙脫之苦況。這絕不是簡單幾句安慰的話，如：「天涯何處無芳草」所可釋懷，其痛苦只有當事人知道。

當感情來時，作者會想寫信給她：「我在信封上書寫姓名地址」。他會想打電話給她：「我拿起電話按下一堆數字。」他會痛苦徬徨得到處亂走：「我走進黑暗的街道直到破曉。」他會因痛苦冒險開快車：「我駕著車任憑儀錶求救尖叫。」他把自己弄得疲憊不堪，痛苦萬分，只有求神幫助：「我打開門找到床枕／躺下以前照例我／祈禱」。把陷入愛情痛苦之中的人物，刻劃得活靈活現。

瘂弦評價這首「異形」時持比較寬廣多面的角度，認爲這個闖入靈魂深處的，有可能是詩人在孕育一首詩，或懷抱一個愛情，從各種方向去體會他的無助、無望、無奈和孤絕。（參閱八十二年詩選〈瘂弦小評〉）。

四、句型的變化與修辭技巧

這一首詩一開始就用長句，第二段又用短句，第三段句子更長，更沒有終止的現象，第四段又回到短句，而且更短，這樣一長一短的句式，用來突顯作者內心的紛亂。第一段屬於西式語言的倒裝句，本來按中文句法是「我無法以眼睛嘴巴性器將它排出我不能用聲影液體煙霧將它殺死如此強悍的痛苦在我的體內」，把「如此強悍的痛苦在我體內」調到最前面，有加強、加重痛苦的意涵。

從整首詩來看，也是倒裝句法，本來第四段應爲第一段，而第一段本應做結論段：「如此我很痛苦」現在拿來做第一段就是整段互換倒裝，先給結論，然後慢慢舖衍情節。

第二段每句均以「我……」開始，是排比句法，有加強描述作者心中紛亂無比的功能……第二段句末的「祈禱」兩字特別突出，留給讀者想像空間也較大，是含不盡之意於言外的一種技法，也就是說「如今我除了祈禱以外，還能做什麼？」無助、無奈溢於言表……

第三段「除了我／沒有人知道」是神祕氣氛的釀造，讓讀者願意再回味。如果放在首段，則吸引讀者去探究，人類的天性，本來就有探知機密的慾望。接下來「除了它／沒有人知道」是矛盾情境的製造，因爲前面已說了「除了我／沒有人知道」何來「除了它／沒有人知道」？這種矛盾情境的產生，增加詩的探究味道，這個「它」就是作者心中追求的對象？不論是「感情」或「詩」或「其他藝術」當然最知道作者（主述者）心中的痛苦。

作者在整首詩中要表達一種煩悶痛苦的心情，於是在句式上用了沒有標點的句法，一直沒完沒了的長句，纏過來繞過去，十分成功，在氣氛的釀造上，可圈可點。

五、意象的經營與孤絕情懷的塑造

從題目「異形」開始，作者就給了讀者一個鮮明的意象。在電影中，敘述一種外太空的生物與人類發生抗爭的故事，這些生物甚至可以利用人體繁殖後代。這樣的情節意象，在第三段中寫得十分清楚。比如可利用人類身體繁殖：「可是始終它在生長還在我的體內像某種外太空的異形」，甚至於「指節伸進我的指節」……等整段的描寫均會讓人聯想起電影「異形」中的情節，十分恐怖。

第二段和第四段都是孤絕情境的塑造，以第二段爲例，主述者又是要寫信，又是要打電話，又是走進黑暗的街道直到破曉，又是開快車，讓儀錶求救尖叫，在在都是心情不佳，孤絕情況表現。尤其找到床枕，躺下來祈禱更表示除了神，自己真的無能爲力了。第四段讀者一看就明白，正是塑造一個在茫茫人世中的孤絕身影。

六、小說化、散文化的書寫

《異形》這個電影給作者極爲深刻的印象，因此借用其部份情節，來描寫心理上的變化。這種心理的刻畫，正是現代小說的重要主題。以此詩爲例，當一個侵入者對主述者的身體寄宿或借用甚至是侵害，作者把這種小說情節以詩的方式表現出來，和現代小說的主潮「魔幻寫實」不謀而合，因而豐富了現代詩的視野。

至於散文化長句的書寫，雖然可以借來烘托氣氛，塑造一種束手無策，永遠沒完沒了的被纏繞的痛苦和無奈，卻也有「令人氣促、不快、細節多、令人目迷心亂、難以消化之病」（余光中評八十七年度詩獎，唐捐作品〈我的詩和父親的痰〉，參閱黃文鉅：〈魔鬼化或逆崇高——唐捐身體詩再探〉刊於《台灣詩學》學刊第八號）。

近二十年來台灣新詩，許多中生代、新世代都努力在拓展版圖，不論小說或戲劇理論的運用，身體的書寫，修辭學上的突破，美學上大膽的趨向，勇敢的突破以往的許多禁忌，從這首「異形」約略可以看到端倪。

七、詩藝探究

第一，用電影《異形》中的生物，做爲闖入靈魂深處的可怕動物，是很生動鮮明的意象。看過電影的人，都能感受到作者所要傳達的恐怖與戰慄。

第二，情節生動，把讀者引入詩中，與作者共同體會那種痛苦和無助。許多古今名作，千古絕唱，莫不是讀者被引進變成主角，變成切身的感受，因有同感而產生共鳴，因共鳴而喜歡。本詩的情節中，有人物的存在，不是乏味的描寫，許多寫景的作品，因只有單調的描寫，沒有人在其中，就顯得枯燥。

第三，故意用沒有標點，永遠沒完沒了的長句，來暗示那種被闖入、被寄居的痛苦，那種纏繞，永遠無法脫身，如影隨形，日夜啃咬著他，難怪最後只剩下一個「空殼」。

第四，擅長製造情境：以第一段爲例，那種痛苦沒有任何東西、力量可以去排除，對讓自己痛苦的闖入者沒有辦法殺死，作者寫來讓人印象深刻。以第二段爲例，擅長描述主述者心中的紛亂，到處亂撞，想做這，又想做那，茫然不知所措。第三段甚至作者被「異形」整個掏空、取代、替換，十分恐怖的情境。

第五，製造想像空間：從後面三段看來，每一段都有留白，讓讀者自己去想：「這到底爲什麼？」尤其末段更加大想像空間：「這是他們兩人的故事嗎？他們有什麼秘密？」如此探問將可以衍生出很多情節。

八、結語：突破公式化的人性書寫

此次我從孫維民的詩作中，挑選了這一首〈異形〉，參閱眾多名家對其作品的評鑑肯定，仔細探討此首詩的主旨，然後論斷其句型的變化與修辭技巧、意象的經營與孤絕情境的塑造以及小說化和散文化的書寫，並評鑑其詩藝特色，供有意新詩寫作、研究者參考，若能再參閱孫維民〈心的暗室〉（八首），看他如何利用一些室內靜物去象徵自己的心境，當有助於進入其詩作中，抓到其神韻，在他的詩世界中馳騁，欣賞其突破公式化的人性書寫樂趣。我從其作品中得知他有野心並努力去建構自己的寫作方向，展現非公式化人類書寫的多重面貌，我們期待著。

生命的深層哀鳴

——讀方明詩作〈無題〉

一、詩　選

無　題　　方　明

一具具的蒼白　　　游絲
在無塵的密室裡
只將緊裹的靈魂鉻鏤名號
同樣的面罩同樣的肢體語言
試圖洞悉彼此的行徑
我們將人性扭轉成
科技的奴隸

這裡無法躡入月色或花香
豐腴的情愛只能擱淺
用嚴準的溫柔撫慰冰冷的金屬

這種植戮殺人性的程式生命
複製纍熟

而外面的世界流行匹配我們繁衍的
宿命　孳生千萬同樣的肢體
同樣的情緒

後記：科學園區內有不少的無塵室，在內工作者全身裹包無菌無塵的衣
罩，彼此在不識盧山真面目的環境下就事相處，有感爲記。

——二〇〇六年十二月三十日　完稿

曾刊於《創世紀》一五〇期二〇〇七年三月

二、作　者

方明，一九五四年生於越南，廣東番禺人，本名黎明。在台大經濟系唸書時，結識羅智成、廖咸浩、楊澤、詹宏志、天洛等，並創辦「台大現代詩社」。作品因具獨創性，言之有物，被當時主編「詩隊伍」的羊令野所賞識，推荐給詩壇。張默編選的《現代百家詩選——感風吟月多少事》就選了方明的〈簾〉和〈早寒〉兩首作品，並譽之爲「在語言與意象的經營上已經相當成熟與契合」。

一九七七年二月，方明出版處女詩集《病瘦明月》，六月又出版散文詩集《瀟灑江湖》。之後，留學法國，獲商學碩士學位，並回國經商，從拾詩筆，於二〇〇三年出版詩集《生命是悲歡相逢的鐵軌》。二〇〇六年十二月《創世紀》詩雜誌闢了專欄〈方明詩屋小集Ⅰ〉介紹了方明的「聚詩軒」，詩屋中的各種場景，一一呈現他與詩人朋友交往的合照、題字評析、詩觀、詩作佳句等，可以做爲瞭解方明各種面相的輔助材料。

方明詩作曾獲台大兩屆新詩獎，入選百家詩選、年度詩選及多種詩選。亦曾獲得多數名家的肯定，例如洛夫就說他的詩「是由形而下的生活瑣細攀升到形而上的生命感悟。」瘂弦也說方明的詩「氣很長，潛在力雄厚。」羅門更說方明的詩「至爲純摯、貼切、細微，於敏悟的知性中，溢流出超乎常人的『深情』『深意』。」其他尚有多位名家佳評，請參閱第一四九期《創世紀》。

三、詩的主旨與詩人心思之探討

〈無題〉這一首詩，根據方明在後記中說：「科學園區內有不少的無塵室，在內工作者全身裹包無菌無塵的衣罩，彼此在不識盧山真面目的環境下就事相處，有感爲記。」可以探知整首詩的主旨在爲這些「沒有面目的工作人員」叫屈，發出生命的深層哀鳴。

人們在工業革命之後，往往成爲生產流程中的一個步驟，有人一生一世只在裝配一個零件，有人一生一世都只露出兩個眼睛工作，如方明〈無題〉詩中的主角。

這些人物化、商品化、機械化、單一化……，許多小說、戲劇，都一再呈現這個悲據，詩人亦不例外，奮力爲極端工業化的人性之消失，發出悲鳴。整個世界在迅速變異，這些變異對整體生命所造成的壓縮變形，詩人做了最沈痛抗議。

詩人可以抗議的事情很多，波特萊爾就在〈光環（Halo）的丟失〉散文詩中，抗議在現代工業化的發展中，詩人已沒有發揮的舞台。方明的〈無題〉正是工業革命後，人性的異化、物質化、商品化、減縮化的無奈抗議，也就是馬庫色（Herbert Marcuse, 1898-1979）所說的「單面人（one-dimensional man）」的突顯。（有關這一部份理論，請參閱葉維廉新詩集《雨的味道》序文〈走過沉重的年代〉第三節西方現代主義的啓示，該文有更詳細論列。）

四、詩中的意象及修辭

詩人運用修辭學上層遞的技巧，由表面的觀看，進而深入心情的探索，再回到所有人共同的宿命上之抒寫。

第一段先展開情節，描寫作者所見到的人都是「一具具的蒼白　游絲」，此處之「游絲」甚佳，有「游屍」之意涵，指人如行屍走肉，沒有生命、沒有靈魂。然後一層層轉進到整個工作環境「在無塵的密室裡」，然後再翻過一層到「只將緊裹的靈魂銘鏤名號」，再翻過一層到「同樣的面罩同樣的肢體語言」，然後讓作者真正的心意呈現出來，即抗議這些人雖「試圖洞悉彼此的行徑」但「我們將人性扭轉成／科技的奴隸」，層層轉進詩的真正核心意涵。

第二段詩作轉進作者自己的感想，作者認爲這些沒有面目的人，機械化的一份子，「這裡無法躡入月色或花香／豐腴的情愛只能擱淺」，更層遞進更深層的探究他們的感情生活。這些人只能「植戮殺人性的程式生命」，多麼痛心的陳述。

末段更翻過這一個單一的場景，而轉進所有現代人其他生命的情境「外面的世界流行匹配我們繁衍的／宿命」，所有的現代人，都是如此，都單調、沉悶、乏味、無聊。作者以層遞的手法，把現代人的痛楚，像剝洋蔥一樣，一一呈現在我們面前。

其次是詩人在寫這一首詩時，也使用了「虛實交互運用」的修辭手法，第一段實寫科技員工的工作實景，第二段虛寫科技員工的感情生活空白，這只是作者想當然耳。不過在虛實的交互運用中，呈現了科技工作人員爲現代化人們單一化、孤獨化的象徵性代表。

最後在意象方面，我認爲作者運用非常特殊的處理方式，也就是以單一人物的出現爲意象，刻意加強著墨，使他特別突出鮮明，呈現在讀者面前的是一個沒有面目、工作單調的科技人，以之來代表現代人的「非人化」（奧提加語）、「鐵囚」（韋伯語）等的負面形象，十分鮮活。艾當諾 Adorno 是以抽象的理論描述當代的「文化工業」是物化、商品化，在計劃的控制下，大量作單調劃一的生產。而方明卻以活生生的人物，全身包得緊緊的，沒有面目，沒有自己，更加生動而讓人印象深刻。詩、小說、戲劇之不同於論文在此。

五、其他詩藝成就探索

第一，單一意象的呈現，使讀者容易抓住詩作的主題，進入詩人的詩思心路。詩人刻意描述的詩人主角，讀者在讀完詩後，清晰不易磨滅。讀完詩，合上書本，那位面目蒼白的游絲，正包得密不透風的站在你的腦海中，久久不去；以描述的手法，用抽象的字眼，去呈現活生生的人物，十分成功。

第二，利用修辭學上層層遞進的方法，虛實交錯的運用，展開詩作的陳述，使詩更生動有味。讀者在讀詩時，不會有平鋪直述的乏味感。作者先由工作場景人員的沒有面目，到作者心中對他們感情的不捨，中間運用了「層遞」技巧描繪了作者心情的轉折與變化，且以虛實的技巧交互運用，非常有味。

第三，巧妙的譬喻效果，使「一具具的蒼白　游絲」呈現了生動、鮮明的科技員工之面相。尤其游絲正暗示了游屍、行屍走肉。以月色或花香比喻愛情生活更聲色具全。尤其以「擱淺」來描述沒有感情生活更加生動。「用嚴準的溫柔撫慰冰冷的金屬」已見生命無可奈何之哀嘆，即在「這種植戮殺人性的程式生命／複製纍熟」更可見到一再重複的悲劇，人們永遠無法逃脫的命運。

第四，用字細膩，結構設計用心。以「一具具的蒼白　游絲」即已形容出現代人生命意義的蒼白。以第一、二段寫科學園內無塵室的員工之沒有面目、沒有自我，引出第三段「而外面的世界流行匹配我們繁衍的宿命／孳生千萬同樣的肢體／同樣的情緒」所有人都活得一樣沒有尊嚴。方明此詩主題，小說、戲劇亦十分常見，但他以數十言之詩作，挑戰成千上萬字之小說，不但印象深刻性不遜色，且趣味性甚至更有過之，方明的詩作若再不斷經營此類題材，將可以跟法蘭克福學派建基於西方馬克思主義對社會意識和文化進行尖刻批評者相抗衡。他同樣有力量批評社會對大眾獨立個性壓抑之不道德，他更有力量批評市場商品化和消費主義滲入個人，令個人不自覺地被社會的消費意識所控制和蒙蔽。（此點可以參考楊小濱：《否定的美學：法蘭克福學派的文藝理論和文化批評》）。

第五，此詩題名〈無題〉是最好的題目，它可以是法蘭克福學派的尖刻批評，也可以是昆德拉《小說藝術》中以「終極悖論」說明小說與現代社會的反向而行。當科學的高潮把人推進各種專業學科的隧道裡，人便越看不到自己和世界，而陷入海德格宣稱的「存在的被遺忘」中，詩人眼見渾身被隔離衣所包裹，以致於個人面目模糊而被遺忘，此詩題正是對這種現象的批判。〈無題〉乙詩也正是現代人各種生活階層的詩題。

六、結　論

從方明已出版的著作中，我們讀到了古典詩詞的意象，一再轉折的典故，歷史情懷，所以管管說「那是一種現代味的唐詩或離騷」，但從〈無題〉這首詩中，明顯看出方明已向現代人的感覺和生活現況邁進了一大步，他的文字雖然還不免古典，但它的精神卻是現代的，足可以跟最現代的小說家抗衡。從他的詩觀中，知道他並不追逐潮流，迎合時下的風味，不願只沈耽於大量學術架構下之詩，他要求自己必須有獨特的才具和心靈最純真的抒發，寫出一首傳世的詩篇，用心如方明，我們知道他正在接近這一目標，祝福他。

生命壓抑的誠摯告白

——讀陳育虹的詩作〈水·蛇〉

一、詩選：

水·蛇

還是進來了
平靜無聲似乎無害的水
游進來蛇一樣游近你腳邊
彷佛一道不確定的
從門縫窗隙
從清晨五點的薄闇
再怎麼封怎麼鎖都擋不住的

尋找詩花的路徑

一尾

一

尾

蛇

慢慢迤集濾散以你
不易覺察或故意忽略的曲線
彷彿不到一刻鐘或竟是
整整一生
已經漫過你腳心你的
心溼了大片但也來不及了
風急雨急也只能看著
這滲透這不確定
平靜的光這水一尾

一

尾

蛇
無端地幾乎帶著安撫性從門
從窗從靈魂每一毛細孔
游　進來

（曾刊於二〇〇七年一月聯合副刊收入詩集《魅》寶瓶文化出版）

二、作者

陳育虹，文藻學院英文系畢業。一九五二年生於台灣高雄縣，祖藉廣東南海。曾旅居加拿大溫哥華十數年，現定居台北。曾獲二〇〇四年年度詩人獎及中國文藝協會二〇〇七年度新詩創作獎章。著有詩集《魅》（寶瓶二〇〇七）、《索隱》（寶瓶二〇〇四）、《河流進你深層靜脈》（寶瓶二〇〇二）、《其實，海》（皇冠一九九九）以及《關於詩》（遠流一九九六）。

基本上具有詩人敏銳的感覺特質，以魔幻夢境般的文字技巧，展現一己對世界、對生活的獨特感悟。她能用具有神祕氣氛的修辭，把讀者帶到文字的深層意涵中去。她在詩中往往表現出世界本來就有許多詩存在，她只不過是帶領讀者去尋詩而已。

她存在最大的意義是她是不隨俗的詩人，她把自己所看到的世界，感悟到的思想，用一種十分自我，十分私密的表達方式，表達出來。

陳義芝評介她：「鬼魅般的夢境想像……潮浪般的韻律感……傾訴空前赤裸的孤獨心聲，狂熱而纖弱，陳育虹是才華橫溢的詩人！」。

羅智成也批評說：「《魅》是陳育虹詩風最徹底、完整的一次顯現。在這情感充沛、知識豐富、想像力驚人的作品集裡，作者企圖建構出一個雙管齊下、多重指涉的言說系統。她比國內一般創作者更勇於參與、介入這個世界的運行與議題，並爲此發聲。詩作語法纏綿、意象精準、篇篇深邃動人。」

三、詩中顯示什麼主旨？

〈水・蛇〉這首詩，主旨在清清淺淺的顯示作者某一段時間，心情的流動變化。是一種極私密的心情或慾望，藉水和蛇的意象，清晰的表現出來。

像這樣躲在文字後面，出之以喃喃囈語，不但小說技巧中常用，詩、散文亦十分常見。這首詩讓抽象的意涵與實相的世界，互相交纏穿梭。

詩貴精簡，所以作者心中洶湧而來的慾望，只以水「還是滲進來了」並且表示是

「平靜無聲似乎無害的水」，尤其是「游進來蛇一樣游近你腳邊」，看似平靜，但作者可以把讀者引進作者在文字背後的煎熬，聽見她瘋狂的撕扯和吶喊。

人類因爲情感、慾望不得疏解，產生了不少悲劇小說，甚至產生瘋狂的行爲，尤其自古以來以男性文化爲中心本位，女性被壓抑的痛苦，女性主義的學者艾萊思・肖瓦爾特（E-laice Showalter），甚至指瘋狂是女人的命運，也是女性的本質。」（《婦女・瘋狂・英國文化》（Women, Madness, and English Culture）（一九三〇—一九八〇）。

詩人在清晨五點慾望像蛇悄悄掩至時，說它「彷彿一道不確定的光」，像水一樣滲進來，像蛇一樣游進來，「再怎麼封怎麼鎖都擋不住」。這是以往假道學的人不願意寫，不願意承認的事情，其至於不敢寫的心理狀態。

因此傅柯（Michel Foucault）甚至也說：「瘋癲與藝術作品共始終，因爲瘋癲使藝術作品的真實性開始出現。」詩人引導我們看到文字後面的真實性，其實也是一種瘋癲的行爲，只是借詩加以巧妙掩飾，達到文字不留痕的境地。比之李清照的「淒淒慘慘淒淒」含蓄多了。

然而，作者仍然是坦誠的，她讓我們看到蛇「從窗從靈魂每一毛細孔／游　進來」。

四、句型的變化與修辭技巧

心情或慾望是抽象的，如何化抽象爲具象，水和蛇的意象，十分合身。只有水的漫淹，可以說明心情的到處滲進和漫漶。也只有蛇可以形容慾望的游動，深刻而清楚。在中國的保守社會中，那種不能闡明，不能言說，只好含蓄的以水的漫流，蛇的游進來宣說，以符合溫柔敦厚，賢淑善良的傳統。

此詩從題目就直接以水和蛇來代替心情和慾望，可以說是譬喻法的修辭運用，並以之建構整首詩。從第一行到最後一行，整個情節都不離水和蛇，就是意象經營法中的「情節式意象」。（參見王昌煥《語文表達能力秘笈》，台南，瀚林出版）。

馮至也有一首詩，名字就叫〈蛇〉，但他是一開始便：「我的寂寞是一條長蛇」，「寂寞」是本體，「蛇」是喻體。然而，陳育虹的本體不論是慾望、寂寞或其他心情，都是隱沒的，也就是沒表明出來，這是她的詩不易解的地方，也正是它有趣，令人再三探索的地方。

這樣的本體不見，只有喻體，甚至變成喻體是本體，想要「喻解」就十分辛苦而不易。馮至直接說「我的寂寞是一條長蛇」，雖然比較易解，但也有一個限制，就是不論什麼敘述，說到蛇都和寂寞本身有關，不能任意擴大解讀範圍。它的聯想範圍，顯然較有限。

陳育虹的修辭手法，更讓詩的解讀可以無限擴大，不必局限在寂寞、心情或慾望上，也許用夢也可以解它。夢像蛇像水悄悄的游了進來，流了進來。

只外「一尾蛇」的兩種圖象表列法，也可以使蛇的游動更清楚明白。圖象詩（或叫具象詩、具體詩）並非不可寫看寫了之後，有無更好的效果而定，否則只有作怪，讓人不願接受，也突顯出作者文字技巧已至途窮而已。

五、塑造分裂、矛盾的孤獨情懷

陳育虹大膽的以水和蛇的「意象情節」，和真實的心情抒寫，隱藏虛假的自我，這種分裂在詩的外部涵意中，可以看出她是把握了因社會現實與內在的壓抑而生的二元假象（du-plicity）及幻影（simulacrum）的要意，而寫出「看似無害」的〈水・蛇〉之什麼也沒透露的詩。

水和蛇只不過是作者真實自我的符號鍊碼之遞換與變貌。在閱讀時，讀者必須注意的是詩中的「情節意象」，只是作者的角色扮串。

我們必須如同久蟄睽違的等待者，等待閱讀到作者極盡掩飾又極盡表達的一種矛盾複雜的情感。她掩飾的孤獨寂寞情懷，卻在敘述中以極度誇張的水之漫漶能力與蛇之穿越能力表現出來。作者用一種十分細心，又十分智巧的方式去探視她的內心之情緒變化，像水一樣湧動，像蛇一樣到處鑽探，無孔不入。

她看似沒有一般女性主義者之大膽赤裸，但她的表現深層意義，卻也有著對抗父權社會的內部意涵。劉亮雅曾批評朱天文的小說：「較前進的女性意識結合了其較保守的年齡與族群危機意識，使她擺盪在現代與後現代思考模式之間。」以之來論斷陳育虹的詩，幾乎也可以判斷出她在前衛與保守之間的情懷。

六、寫作技巧探討

第一，以蛇和水的屬性發展情節，表達作者的情意。蛇和水的意象及意象情節，十分成功。陳育虹並隱去主體（喻依），而直接以喻體去表述，讓人留下無限大的想像空間。在張力和新奇感方面也較強。

第二，這首詩除了水和蛇的流進和游進之外，基本上沒有什麼情節，也沒有重大的事件，只是描述一種狀況，一種情境，如同法國新銳年輕女作家瑪麗的新作《暈海》

以及已過世的小說家黃國峻的小說〈天花板的介入〉，都是只有狀態，十分抽象。李昂建議讀者對這一類只寫事物、狀態、情境的小說，能看懂多少就算多少。其實樂趣就在閱讀的過程，如何去欣賞文章中的文字風景和風情才重要。這首詩之耐讀，原因也在此。維琴尼亞・吳爾芙的名著《海浪》也是以這種結構的方式寫成。所以一直以來，都被認爲是小說寫作的一種新表現方法。

第三，整首詩既婉約多情，又靜定無心，很不容易追到作者內心的原始本能情況，可以說掩飾得很好。等到讀者探到核心主旨，馬上會拍案叫絕，同時也會給自己一個「欣賞力不錯」的肯定。基本上很多人讀詩是沒有信心的，給一點鼓勵也不錯。

第四，整首詩的內涵，勇敢不懼的探看自己最原始的幽深，也最卑微不堪的內在展現出來，深化了生命的況味。我在讀詩的過程中，感受到作者意圖在烘托著一個似夢非夢的情境。詩中隱約顯現生命的矛盾如此，無言亦如此。不過，說一個不是詩的目的，（詩本來就不一定有什麼目的，什麼力量），難道女人只能躲在房間中，讓情慾像水漫漶，像蛇偷偷的游動嗎？這樣的表達方式，是不是比赤裸裸的女性主義來得有力量？

第五，詩有多重指涉的意圖，不像馮至的〈蛇〉，直接就指明「寂寞像一條長蛇」。

整首詩類似李清照寫封閉又敏感，自我陷溺又意識清明的心境。陳育虹的詩語言，既細膩，又夢幻深情，頗能寫出人類的共相，其實大多數人都是如此。

七、結語：駕輕就熟掌握各式語法

陳育虹的詩，因受到許多種類外國詩語言的影響，生動鮮活。詩的表現方式具原創性，思維的敏銳度也強，看似隱隱約約，其實是熱情浪漫的本質，很有可讀性。她的詩帶我們進入一種夢幻恍惚之中，也帶我們進入現實，去看真實的世界，真實的生活，去想有深度的思想，去面對真正的問題。這就是陳育虹，在詩中展現誠摯，也在詩中展示瘋狂，只是，她是那麼技巧而隱約。雖然台灣早就開放了，許多人瘋狂的描寫情慾，但她還是那麼隱約，她所透露出來的只是長長的寂寞身影，其他都隱藏在凌晨的房子中，像水從各種縫隙滲進來，像蛇從每個靈魂的毛細孔游進來。詩是細微的，但若放大成小說戲劇，則是瘋狂而激烈的情慾。骨子裡甚具瘋狂性與爆炸性。

讀陳育虹的詩，覺得詩中有一股魔力，讓人想跑到無人看到的海邊、沙漠、高山瘋狂的呼喊。她的詩中有天真與天才交融的質素，具備了睜一眼閉一眼作夢的能耐。從她的詩，可以讀到悲劇自傳的性質，隱約透露過去的曾經和未經的世事，似乎告訴人們一個青春墜毀，美麗而艱難的人生與文學旅途。她的《魅》所營造的鬼魅氣氛，仍在許多詩作周圍，一層一層的籠罩著，讓人只能在隱約中看到她的部份世界，那麼依稀，那麼朦朧，卻那麼坦誠。

心靈視角投射與萬物轉化變形

——讀嚴忠政的詩作〈愉悅〉

一、詩選：

愉悅

——給初生的孩子

屋子裡有一種氣味，像森林
陽光從另一個房間進來
說遠也不遠的他方，前世的
熱與愛穿過葉尖
此時，每一個罅隙都迴旋著你的香氣
葉脈接駁著抽象的形聲

尋找詩花的路徑

誰都猜不到，注視與詠歎，下一秒
你會將什麼放進嘴裡

並未許你太多願望，太多願望容易悲傷
沒有要你有多馥郁，這樣淡淡就好
蛋白色的人生，像野薑花平視北窗
一場皚雪也無所謂憂煩

你在睡夢中認識創造的力量
血液和寫意都讓時間允許
長大有空請發一則簡訊給我
告訴我佛羅倫斯的天空
因為你的笑容又再次復興

於是潮聲漸次

如遠洋的船隻，被命名，有使命
更有喜悅自帆面推進
鷗鳥見識這樣的鯤鵬，聽任你
客套的説出澎湃。是的
你該這麼平靜

如果，你被推舉為山谷
因為勇氣與低迷的霧
這樣的歷程，驚險，你仍模擬神國的地形
我喚你，你給我回聲，輕易地
從酒渦裡爬了上來

一、曾刊於二〇〇六年十一月十日《聯合報》副刊
二、選入二〇〇六年《台灣詩選》

二、作　者

嚴忠政，一九六六年生於台中盆地，現任教於南華大學文學系。作品曾獲教育部文藝創作獎，第一、二屆中縣文學獎，第三、四、五屆台中市文學獎，中國時報「七夕情詩大賽」首獎，第二十四、二十五屆聯合報文學獎及首屆玉山文學獎、宗教文學獎等近二十項，是得獎的常勝軍。出版有詩集《黑鍵拍岸》、《前往故事的途中》。前書收入二〇〇二年、二〇〇三年聯合報文學獎等新詩作品五十首。

從他的第一本詩集《黑鍵拍岸》一書中，就能窺探到他寫詩的心情，例如〈如果黑鍵拍岸〉乙首，你就能探測到他如海龜揹負著大海的祕密：「燈塔以它日常的週期／一支船隊正緩緩靠近陸地／那是一個語系，偶爾也聽德布西／而我，只是其中一艘／像海龜揹負著大海的祕密」。同時也指出了寫詩歷程的艱辛：「但光束未曾發現／有些水手在游完十四行之前／已經在魚骸裡壯烈多年。」因此，讀他的詩，你會感覺到彷彿在海邊聽海浪拍打岸邊的聲音，彷彿黑鍵拍岸，打擊著他的胸膛：「如果海潮可以決定洶湧，那是你／撐起海床的脊柱；譬如／如果黑鍵拍岸／那是某種音準或斷句／擊中／我的胸膛」。

不論是政治議題的辯證，社會事件的驚心動魄，以及層出不窮的自然災難，他都如黑鍵拍岸，像海潮襲來，不厭其煩的向我們傾訴或控訴。賴芳伶教授就認爲他的詩：「有時像不期然被觸痛的一朵——曾風華卻不再藏蕤的浪花，默默潰散於無岸的海灘。」

三、詩的主旨與詩人心思的探討

前面所選的詩是描寫慈父看著初生的嬰兒，心中的喜樂於焉產生，並且深情爲子祈禱的詩。麥帥有名的〈爲子祈禱詞〉差可比擬。

詩一開始，即描寫房間的場景，本來任何人住久了某一個房間，即容易忽視這個房間的裝璜和氣味。但作者卻說「屋子裡有一種氣味，像森林」，表示孩子初生，一切便不同了，有了森林中芬多精的味道，有了生命的活力和喜悅。尤其「陽光從另一個房間進來」，更說明了初生的光芒，帶來了整個房間的希望。

這種生命的力量，說遠其實也不遠，彷彿就在前世的，熱和愛透過如植物的葉尖，好像你的香氣，就充滿了這個房子的罅隙，植物的葉脈接駁著你抽象的動作和聲音，做爲父親的作者，此時只有注視和詠歎，真的，誰會猜到小孩下一刻會把什麼放進嘴裡？把初爲人父的心理寫活了。

第二段寫爲人父的願望，希望小孩子平平凡凡長大就好，並沒有成龍或鳳的祈盼，那樣太多的願望不容易達成，反而容易悲傷。並沒有要孩子長成一棵多馥郁的花或樹，「這樣淡淡就好」，表示願望十分卑微。「蛋白色的人生，像野薑花平視北窗／一場皚雪也無所謂憂煩」，把願望形象化，更爲具體易感。

第三段作者仔細看著睡夢中的小孩，想像他長大以後到處奔波努力，不再靠父親的保護，認識什麼是創造的力量，在世界各地打拼，不要忘了告訴一聲父親外面的天空多亮麗。以「佛羅倫斯的天空」代表向世界各地打拼奮鬥，航向命運的海洋，這些「因爲你的笑又再次復興」，代表孩子有成就，爲人父者以子爲榮的心情。

第四段仍然祈願孩子在世界的海洋航行能夠順利，在潮聲中，如遠洋的船隻，被命名，有使命，是出航有名目，有任務的，絕不是浪蕩子四海飄泊，虛渡人生。尤其航行時更有的是喜悅在推進風帆，你如鯤鵬的英姿，讓小小的鷗鳥見識到了。但你仍很客氣的，很平靜的說出胸中的澎湃。祈願孩子胸懷坦蕩謙虛。

末段寫孩子如果被推舉爲山谷，有成功如山高，有失敗如深谷，但因爲勇氣，可以克服一切，雖然難免有時情緒低迷如在霧中。這樣的歷程，有的是驚險，但你有勇氣，模擬神國的地形，用智慧去征服它。想到這裡，作者回到現實，低頭喚著孩子，孩子給予回應，並且展示了淺淺的酒渦。「輕易地／從酒渦裡爬了上來」，可以想像作者注視初生孩子的狂喜，一下子把他抱了起來，也暗示著祈盼孩子快快長大，帶著酒渦的微笑，爬到父親身上。此時的「輕易地」表示盼望他已長大，其實尚未長大，代表父親心中的急切。

四、詩中的意象與修辭

「森林」的意象十分具體，使讀者容易有茂密、蓬勃、蓊鬱等生命茂盛的聯想，更有芬多精有益人體之聯想。「陽光」也是生命的意象，初生的孩子代表家庭的新希望如同陽光照了進來，不論是從窗戶，或從另一個房間進來，都是帶來希望的意象。

此外「葉尖」與「葉脈」也都是把抽象生命的傳達，賦予具體的意象，如「熱與愛穿過葉尖」、「葉脈接駁著抽象的形聲」等，容易把抽象的愛，化爲具體的水份，流過「葉脈」，透過「葉尖」。

花樹的「馥郁」把人生的成功形象化了。「野薑花」與「蛋白色」則把人生「平淡化」、「一場皚雪」則化人生之憂煩爲具體，意象都十分具體而生動。「佛羅倫斯的天空」，則代表在異地的情況，「鷗鳥」與「鯤鵬」則比喻見識之遠大或渺小。「山谷」與「霧」則爲人生成敗與磨難。意象之鮮活生動，是此詩成功的重要原因。

至於修辭方面的運用，首先作者用了一個「旁敲側擊」法。「旁敲」指側寫，「側擊」也是不直接去說明。因爲作者十分清楚，在初獲新生兒時的狂喜，往往會流於白描、散文化、激情而不自知。爲了控制情緒，作者努力壓制那種爆炸般的喜悅，從別的地方下筆，如寫房子的氣味如森林，家裡的新希望如陽光的射入等等，含蓄再含蓄，藉著葉尖、葉脈、蛋白色、野薑花、雪、潮聲、船隻、鷗鳥、鯤鵬、佛羅倫斯的天空等意象，緩緩的醞釀出這一首充滿著父愛、期望深刻的詩。

另外，整首詩的結構也採修辭學上的「縱收法」，即將「主軸抽離」，父親愛子，希望他成功是天經地義，但作者一直抽離這種「深愛」，希望他「平凡」，只要他「像野薑花平視北窗」即可，但事實上，最後卻「收束」在「我喚你，你給我回聲，輕易地／從酒渦裡爬了上來」那種急切抱起，或急切地希望他能「輕易地爬上來」之快快長大之心願。這種縱放與拉抽，可以藉著因落差而產生的力量，來加深作品的情意，增強作品內在的美感。

再者「輕易地／從酒渦裡爬了上來」也是「省略跳接語法」的使用。原來的散文句子是「你微笑著，露出兩個可愛的酒渦，伸手要我抱」或是「輕易地爬到我身上」，這樣的散文句子經過作者修辭學上的省略與跳接，遂變成了內涵多義豐富的句子，可以增加讀者的想像空間。

同時本詩的成功在於「時間和空間的虛實運用」，寫作者面對初生的嬰兒時的「現在」是「實」，想像他長大出海奮鬥的「將來」是「虛」。寫他的當前的「空間」是「實」，寫他未來遠走他鄉的「空間」是「虛」。如此虛實相生相濟，增添了這首詩靈動調和、趨向整體統一的美。

五、其他詩藝成就試論

第一，作者在詩中，顯現了他對個人經驗的關注，對挖掘普遍人性的興趣之展示與對人的位置之探討，均紛紛在詩中一覽無遺。例如他在詩中展現了對喜獲麟兒的狂喜，以及一般爲人父者，在人性上的自私，只要平安就好的願望，但普遍人中也有矛盾，他也希望他去乘風破浪，展現鯤鵬之志。尤其在詩中，人的位置之安排，每一代人都是父照顧子，關心子，但孩子一去，往往忘了父親、「希望他抽空發來簡訊」遂成普天之下，父親的願望，人的位置，被擺在「傳宗接代，照顧子女是義務」的上面，殆無疑義。

第二，以投射的方式，全方位的和外界周遭環境溝通：例如首段因小孩之出生，房子中的氣氛感覺，遂因主觀意識所喚起的各種心理能量，心理感受，異於平常，遂發生扭曲、變形、肢解或穿透。例如以森林的氣味去描述房中的氣味，平常是否如此？並不見得。同時一切感受遂變形爲葉尖、葉脈去聯繫交通心中抽象的感受。如此自心靈外射，所到之處，萬物無不變形、解體。這種全方位的籠罩佔有，感應交通的方式，乃在於詩人心理能源向外輻射時，於生理能量方面的開發，包括血液流動、軀體、骨骼、肌肉運動及呼吸節奏所產生的功能，對於詩建構的效用均十分有效。（參見《詩選刊》一九八五年第四期：查爾斯・奧爾遜〈投射詩〉，此處轉引自陳仲義著《現代詩技藝透析》頁一—頁三，台北，文史哲出版）。

第三，在初生的孩子臉上，看見希望，暗喻人生的光明面再現：章法學家陳滿銘在《章法學新裁》乙書中表示主旨的出現有三種情況，第一是在篇內出現，第二是在篇外有弦外之音，第三是在篇內淺層表意，在篇外有深意待挖掘。本詩即屬於第三種。近代作品不論詩、散文、小說、戲劇常挖掘人性的黑暗面，本詩卻獨特的展現人性的光明面，彷彿顧城〈一代人〉中的詩句：「黑夜給了我黑色的眼睛，／我卻用它尋找光明。」

六、結語

嚴忠政此詩展現的是柔柔的風格，黎運漢在《漢語風格探索》中說：「文章風格是文章的思想內容和表現形式上各種特點的綜合表現，是作者的思想、性格、興趣、愛好以及語言修辭等在文章中的凝聚反映。」風格中最具代表的則有陽剛與陰柔兩種。嚴氏作品屬於陰柔風格，自有陰柔之美，桐城派的姚鼐即在〈覆魯絜非書〉中析論了陰柔之美：「其得於陰與柔之美者，則其文如升初日，如清風，如雲，如霞，如煙，如幽林曲澗，如淪，如漾，如珠玉之輝，如鴻鵠之鳴而入廖廓；其於人也，漻乎其如嘆，邈乎其如有思，渜乎其如喜，愀乎其如悲。」作者並沒有麥克阿瑟之掌權，對兒子之祈禱詞自然不如其陽剛，但不論陰柔或陽剛，均各有其美學的勝場，嚴忠政近年來的詩作均已展現不凡之成就，期待再接再厲，努力創作，將來作品較多時，盼望能再做一個整理的研究，以瞭解其作品全貌，寫出一篇較完整的研究報告。

滿眼紅塵撥不開
——讀龔華的〈那時，我還牽著你〉

一、前　言

二〇〇七年十二月三日，天氣是陰冷的，一大早就在聯合副刊上讀到龔華的詩〈那時，我還牽著你〉，一時，冷竟由內心升起，裡面的冷和外面的冷，交相摧逼，不知不覺竟打了好幾個寒顫，直打哆嗦。

先請大家看一看這首詩：

那時，我還牽著你
那時
我還牽著你

尋找詩花的路徑

以血脈抽成的絲線
季節在風箏上
塗滿楓紅的沉靜

入秋的黑瞳裡
有影子晃動
細瘦如煙
追逐著遠去的氣流

少婦的祈禱留在窗後
試圖穿破因套著鎖鏈
而遲緩下來的
心形的風
儘管那時

秋雨裡的淚滴變得易碎
傷心卻是次要的
堂裡的風畫著心形
連地獄裡的也是

（原刊於二〇〇七年十二月三日聯合副刊）

二、詩的主旨與內涵

整首詩彷彿是一幅工筆畫，細細的描繪一段令人無法忘懷的感情。一開始，只有輕輕點了一下：「那時／我還牽著你」，那麼，此時呢？此時的「你」在何處？留下了極大的想像空間。讀者可以做多方面的揣測：或許此人移情別戀了，或許此人失蹤未歸，或許更悲慘一點也說不定，總之，詩就是讓你有很多聯想，讀來才有趣味。

接著寫她們的關係，如同有血脈牽連，無法分開，可是他還是像風箏飛走了，只留下自己在秋天楓紅的時刻無盡的想念。楓紅的沉靜，反襯內心的激盪。景是靜的，如靜靜的楓紅，內心是動的、翻騰的。作者仍然留下許多未說的部份，讓讀者自己去想。

第三段寫作者的感覺，是秋天了，入秋以後黑色的瞳一直在尋找，彷彿有影子在晃動，卻細瘦如煙，追逐著遠去的氣流消逝了。想起以前的戀情是實實在在的，如今那人的影子卻在幻覺中回來，這種實情與幻覺在作者腦中，產生疊景效果，讓作者沒有說明哀痛，而哀痛已顯示其間。

第四段寫自己如同一位臨窗祈禱的少婦，試圖穿破困住自己的鎖鏈，甚至連那風都是代表自己的心情一樣，吹成心形的，而且遲緩下來，企圖打破她其實是被心魔困住的鎖鏈。讀者讀到這裡腦子馬上浮現一個哀怨的少婦，站在窗後，默然祈禱，內心的困境，不言而喻。此時窗子、房子都變成困住她的心形的鎖鏈。

末段寫她的想念是無止盡的，在秋雨中這種想念之淚，更是易碎，說傷心，只是次要的，最重要的是戀人是否能入她夢中，因爲堂裡的風畫著心形，代表在人間的她，連風都知道她的心意，想來在地獄裡也是無盡的戀情，無法隨時間、地點而改變，寫著一份令人動容的真情。

這麼一首像羅蜜歐與朱麗葉一樣，表現出純真永恆的感情詩，在這個充滿物慾本質的人世，真正是不多見的。我一再讀它，彷彿覺得是一朵開在寒冬的梅花，那麼冷艷，而且開在大雪紛飛的山間，那麼淒涼，我感到渾身發冷。

三、深情的告白

這首詩的人物只有兩個，一個作者，一個是詩中的「你」。整首詩就建築在作者對你的款款深情告白上，氣氛是羅曼蒂克的，說話的音調是那麼的低緩，回憶是那麼漫長無盡。好像一直沉溺在往日的戀情中，無法自拔。

像這樣沉溺於過去，用詩文再現兩人往日的情史，許多詩人都常常使用這種方法寫詩。但詩人如果把這些往事，寫得太具體，就像一篇報導，頂多像一篇散文或小說，因此寫出似真似幻，如實像虛，正是一個詩人，努力追求的境界。

這首詩作者利用深情的告白，回憶過去，讓時空在聯想中忽前忽後，忽此忽彼，把時間的順序打亂，把回想的地點飄忽，忽東忽西，讓讀者彷彿從記憶的抽象中，被拉回現實的具體中，因而感受到失去一切的空茫，隨作者陷入無限的悲苦中。

作者也刻意把告白的調子放緩，讓詩中的意象去呈現或說出故事的原委，也由於作者這樣的深情，讀者才能記住詩中所陳述的一切，而在腦中形成十分清晰的意象，彷彿也和作者一樣，陷入同一種無法自拔的情境中。

其實詩人心中十分明白，如果不從往事中跳出，一定會一輩子陷在這種漩渦中永遠浮浮沉沉，痛苦不已。但是作者製造一種表面情境，一種自古以來，人們認爲神聖的理由，使自己好像被一種傳統的力量，逼上絞刑台，但是作者卻甘之如飴，作者爲了這個虛妄的理由，一直壓抑自己，深情而不願意跳出。

四、二元對立的結構

洛夫在一九七二年編選《中國現代文學大系——詩卷》時，談到「現代詩的語言」，他說：「存在相剋相成的兩種對抗力量之中，提供一種似謬實真的情境，可感到而又不易抓住，使讀者產生一種追捕的興趣」。

以之來論斷龔華這一首詩的語言，正有這樣兩種對抗的力量，提供一種看似荒謬——一個自囚的少婦，其實卻非常真實——她無法從往事的真實中自拔。這首詩多讀一次，就越感到有兩道河流在互相對抗著，一條明著奔流，緩緩的，十分傳統端莊典雅的感情；一條是暗渠，是一種極度壓抑的奔騰之河。

這兩道河流，建構了詩中的二元對立的世界，首先，是情感的存沒，從首段「那時，我還牽著你」，證明那時兩人感情是存在的，而且十分恩愛；對比現在，你去了，可能分手，可能死亡，總之，是沒有了，不在了。

其次是生死的二元對立，從前如第一段，是活生生的感情；現在如末段「連地獄裡的也是」，正是寫出了生時的歡樂，死後的哀戚。想到感情「手牽手」時，生命是豐饒的，多采多姿的；想到分離，生命則是苦澀的，哀傷的，詩中明顯的二元對立結構，讓人讀後心痛感覺十分深刻。

詩人在情感湧動時，想起過去，也想到現在，詩中的二元結構，便有了今昔，同時也有了甜蜜和苦澀，更有盛況時的喧鬧和散場後的死寂，總之，作者利用二元結構的對比，使詩產生了無比動人的力量。

五、文法修辭運用

此詩最成功的地方是意象的經營，尤其以「血脈抽成的絲線」最具體，最能說明抽象的想念。

其他如風箏也很不錯，表示逝去的一切，如飛走的風箏，讀者可以明白感受到。煙也一樣，都可以很清楚交代逝去的一切，例如，往事如煙。另外鎖鏈、地獄更具體，心形的風也很容易讓人感受到她受困的心。

第一段突然起筆，瞬間即進入情節之中，也很符合詩貴精鍊的要義，直接交代故事。「那時／我還牽著你」表示那時大家感情還很好，手牽著手，十分甜蜜。它也符合修辭學上的「今昔法」，就是以前如何如何，現在又如何如何，可能完全不一樣了，今昔對比，產生一種「痛苦的美學」。

作者使用的是「由昔而今法」，當然也有「由今而昔法」，採用倒敘的，只要合乎規律，都是美的。作者將過去那段甜美的回憶，拉回現在眼前，與現在的孤單想念，形成對比，美感也因而產生。

這首詩也使用了修辭學上的層遞法，一層翻過一層，情節在層層翻進中進行。先說那時的甜蜜，我還牽著你，再說如今你不在了，開始寫她的想念，她的祈禱，她受困的一切，層層如剝洋蔥，讀者直窺洋蔥的內心，因而深受感動，震撼。

另外，作者在全詩氣氛的塑造方面也十分高妙，例如「血脈抽成的絲線」中的「血」，和「塗滿楓紅的沉靜」中的「紅」，令人感受到一種「紅色」的椎心之痛。而「黑瞳」的「黑」，「細瘦如煙」的「煙」，都形塑了一種「黑」色的修辭美學，更能襯托出作者的苦澀味道。

六、寫作技巧探究

這是一首很用心構思的詩，從起筆到各段落的布局，和意象的使用，均見細密心思。我覺得此詩有下列的優點可以探究：

第一，文法修辭及意象的使用均見功力，如前面所述此詩在修辭學上用了層遞法、今昔法，還有意象上用了血脈、風箏、楓紅、黑瞳、煙、氣流、鎖鏈、心形、風、地獄等都是十分具體的東西，容易在讀者腦中產生深刻的印象。

第二，爲整個故事蒙上一道神祕的面紗，讓讀者自己去猜，增加趣味性。作者在她的文字上，好像設置了好幾把鎖。首先第一個鎖便讓人開了好久，到底她牽著誰的手，是父親?讀完全詩又不像，彷彿是情人，如此創作的表現，便帶來了趣味性。她寫的應該是一般人都會碰到的情節、故事，但她的表現手法不俗，才能使一個極普通、極普遍的故事，變成一首不凡的詩。

第三，寫詩有創意，此詩在意象上有創意，語言上也有創意，技法上更有創意。從前面所舉的例子，可以看到作者在意象的使用上有極大的創意，語言也是。例如「那時／我還牽著你」，在語言上的創意度十足。這是一個十分平凡的句子，但在此時出現，又是詩的起首句，立馬看見創意。道理很簡單，這兩句在語言上讓人讀來有悔不當初的遺憾，骨子裡有「如果那時……」、「早知道……」等憾恨的意味在。技法上也極有創意，隨意舉兩句「季節在風箏上／塗滿楓紅的沉靜」，季節在某些人心中會產生特殊的感觸，所以季節在風箏上的顯示，應該是作者獨特的心理顯示，此時的風箏既是實的風箏，也是虛的風箏，是作者心中的風箏。如此一來，接著寫「塗滿楓紅的沉靜」也是心理面的，屬於心理刻劃，而且用「沉靜」兩字，來對比內心的不平靜，翻滾不已的心情。也就是作者此時表面是平靜的，而內心是激盪的，這種寫內心的技法，也頗具創意，而文學創作，創意是極重要的。

第四，虛實交互運用的手法十分嫻熟，例如寫那時還牽著你是實的，但此刻手中空空的虛卻也是真的，反倒是想念那人變得不真，如此虛虛實實，變換不定，令人欲罷不能。像這種情形，第二段的「以血脈抽成的絲線」本來是虛，可是那種想念又十分真切，是實的，如此似真又似虛，如實似幻的寫作手法，讓人嘆爲觀止。第三段也如實似虛，如真似幻，那人的影子晃動是虛的，但在作者眼中卻是真實的，惟其真實，才有想念的真切。甚至連「追逐著遠去的氣流」本是虛幻的一種感覺，此時亦十分真切。這種幻想與真實，同時在詩中，不使真實太過清晰，也不使虛幻太過不真，作者是要有相當功力的。她的手法大概是現實若夠清晰，幻想就擴充一些，讓它如真似幻，反之亦然。

第五，全詩彷彿是一種夢境的塑造，其實作者也明知道此情此景已然遠去不再回來了，但還是沉迷在往事的夢中，自己做自己的夢，即使夢「像秋雨裡的淚變得易碎」，即使「傷心」，那也只是次要的，她要一直圈在這個心形的鎖鏈中，即使因而進入地獄，也是願意被困在那個風畫的心形裡面。如此的純真痴情，也只有她自己塑造的夢境堂屋最適合她居住。她所塑造的夢境中有一把心鎖，像鎖鏈一樣牢牢的鎖住她，而她心甘情願。

七、結語：留住那撥不開的千般紅塵

這一首詩，從文字上面看，是十分古典的，但那是表面，像海上的冰山，只露出百分之十不到，百分之九十是沉在水裡的，而那沉在水裡的，正是文學藝術家所要探討的。

我認爲整首詩表現出作者一直「困」在那一份也許永不回來的感情裡，多麼古典的一分情，在現實社會看來已不多見了。但爲了維護那份古典美，作者所表現出來的整首詩的氛圍是重重的「壓抑」。

那種壓抑只是手段，她想用夢境來展現內心深處的企圖，也許要企圖掙脫那些鎖鏈，如第三段夢境中有影子晃動，除了幻覺外，也許是一種渴望。難道全世界都沒有其他人了？連影子都沒有？

所有文學藝術家都會盡力表現人物的內心，只有那種內心深處的探索，才是文學的趣味所在。作者這一首詩，如果能從內心深處去探索，趣味就更多，更加深了。也許那種冷，是那種無可奈何的壓抑痛苦，緩緩由詩中慢慢襲擊上來的吧！

有一首禪詩是這麼寫的：「白雲相送出山來，滿眼紅塵撥不開。莫謂城中無好事，一塵一剎一樓台。」襲華詩中，確有萬般撥不開的紅塵，她過往的人生，也的確在詩中隱隱約約的透露那一塵、一剎、還有一樓台的點點滴滴，該留或是該撥開的，就讓它在詩中，繼續輕輕淺淺的低唱吧！

探索生命的深層意義

——讀劉小梅的〈我的雙眼走著走著〉

一、詩選

我的雙眼走著走著
我的雙眼走著走著
不經意闖進一處
人煙罕至的
世外桃源
地址　竟是
我多年疏於造訪的
襯衫

偷偷捶了我一下
從背後
誰？
原來是隻貍花貓
湘繡

高學歷的水晶盤誠實聲明
不曾留學德國
多年來一直和嫁到台灣的
紫砂壺　同居
它倆鶼鰈情深
從未發生齟齬
牆上始終不願遷居的

白
專門治療時間的
妄想症
奇異美術燈
自幼嗜食
光
葷素不沾
從不請人上館子
遇見土耳其
在客廳
一方小小地毯
夙夜匪懈研究著　門上
隱含玄機的八卦

尋找詩花的路徑

我的雙眼走著走著
書櫃裡的佛經熱情地在
招手
好累
先歇一會兒再説
我只是想請妳幫忙
為這隻上了年紀沒人照料的
蠹魚
找間安養院
正在坐禪的六祖惠能
忍不住清清喉嚨

（原刊《創世紀》一五五期）

二、詩的主旨與內涵

〈我的雙眼走著走著〉，從題目一看就十分新穎生動。雙眼是用來看的，例如閱讀就要用雙眼，看風景要用雙眼……。顯然作者是透過雙眼的移動，看到了一連串的景物，如同人們的閱讀，從一段文章，移動到另一段文章，作者的眼睛，從一件事物移動到另一件事物。

所以，作者的雙眼，從襯衫移動到湘繡，再移到紫砂壺，然後是牆上的白，然後是奇異的美術燈，地毯、八卦、書櫃、蠹魚，這樣閒散的欣賞，作者自稱是「我的雙眼走著走著」，妙而有趣。

這樣閒散的欣賞，再加上一些欣賞時的記憶、心情，就完成了一首順手拈來的好詩。這就是美的創造，一般人以爲詩在不可攀登的高處，不可抵達的遠處，其實詩就在你日常生活的近處。作者眼睛「走到」的地方，無不是日常生活的起居室、臥室、書房，如此而已。把這些習見，甚至視而不見的東西，從審美感知出發，重新賦予新的意義，竟然跟作者產生了新的關係。

這些東西是實的，但經過作者心靈慧眼「虛」的透視，因而產生了實中有虛，相映成趣之美。在比喻的應用方面有單一的比喻如久未穿用的襯衫，擺放處形容爲「人煙罕至的世外桃源」，有繁複比喻的「水晶盤」和「紫砂壺」的同居，其中「它倆鶼鰈情深」，暗示物不相互排斥的屬性外，也暗示作者對某種生活的渴望。

讀這首詩，心境十分重要，要和作者保持相同的閒散心境，如同作者在物與物之間溜達。作者要從無意識中間，進入一種有意識的用心觀賞，讀者也要隨著走了進去，這樣才能放棄一般人對在日常周遭的一切，視而不見的壞習慣，而接受另一種現實，一個虛擬卻又實在的存在。

它之所以給人新穎而且意外的不同感受，因爲它不是因襲——把眼之所見，耳之所聞，直接轉譯爲文字，而是一種創造，詩中每段敘述，都是事實，但也有虛的部份，如「偷偷捶我一下／從背後」，一隻湘繡的貍花貓，竟然會對作者從背後偷偷捶一下，其與事實的反差效果，有了變化開合之妙，相映相生之趣。

這首詩的完成，完全靠心境，因爲全詩眼睛所到之處，完全在自家，是個人的活動，沒有與外人任何聯合或協作，是氣定神閒，節奏與呼吸合拍，看的速度均勻，有一種自然的節律在控制著，作者彷彿遵循著一種玄祕的軌道，暫時告別身邊的現實，進入另一種存在。那是一種由單純的材料，日常忽略的周遭事物，所匯聚出來的一種逼作者頓悟的材料。

因此，詩中出現眼睛走到「書櫃裡的佛經」，走到「爲這隻上了年紀沒人照料的蠹魚，找間安養院」，藉此產生的人生頓悟，才是眼睛走著走著，所擦出的生命火花，讀者閱讀時的主要著眼處，與所要探知的中心內涵。

三、中國詩詞中的孤旅書寫

王安憶在論卡繆的〈靈魂之死〉時說，卡繆寫的正是中國詩詞裡常有的「孤旅」。「孤旅總是能夠引發情緒和思索的。懷想與瞻望，常常是發生在這個節骨眼。天地之渺茫，人生之無奈，也多是顯現在這個時節。」王安憶補充說明。

而本詩作者，表面上寫眼睛到處「走走看看」，但骨子裡正是寫她的寂寞心情，寫的正是她內心之中的孤寂。孤寂時沒有辦法，只好看看「多年疏於造訪的襯衫」，看看家中的擺飾「湘繡」中的貍花貓……。

在詩中，作者把心中的孤旅愁煩推至「陌生、隔絕、茫然、寂寞、空虛、暗淡」等情緒之中，甚至把情緒推到生命的空無之極至，想到年老時如「蠹魚」，需要找一間安養院，需要像禪宗大師惠能一樣看人生「本債權人無一物」，如此的書寫，把抽象的人生體驗，化爲可感的文字詩篇。

作者心中有許多難以言傳的人生感悟，此時藉著眼睛看到的東西，把心中的無形元素，加一些添加劑，使之顯形，甚至激發出別種反應的元素，努力將心中的實感，以種種虛構的方式，或隱喻，或暗示，努力把這種看似空幻的思想，清晰的描寫了出來，甚至於許多看似說不出來的，都說出來了，例如第四段「牆上始終不願遷居的／白／專門治療時間的／妄想症」，多麼私祕的內心，直接明白的袒露了出來。

就這樣的，作者以一首苦悶孤旅的詩，把生存困境，推到極致，這種直接向絕望核心書寫的方式，而表面竟看不出其苦悶孤寂，甚至以爲作者日常生活十分閒適，那就是真正藝術完美的手法。

作者的手法頗似瘂弦「甜是他的語言，苦是他的精神」，讀此詩讀到最後，感覺竟不是甜美和溫馨，而是變成有許多細細的針，在刺痛著讀者的每一根神經。作者這種人生體驗，茫然向人生極處，人生邊緣前進的體驗，幾乎寫出多數人無法說出卻相同的體驗。

四、使詩味加深的手法

此詩初讀，看似平凡，但在平凡中有許多加深詩味的手法。例如看到多年未穿的襯衫，作者說是闖進了人煙罕至的世外桃源，暗示自己久已疏於打扮，如此一來，可以引發讀者多方推測，增加想像空間。例如：爲何久不打扮？

第二段則在平凡之中，添加了趣味性，看到湘繡中的貍花貓是普通事件，有時甚至視而不見，如今牠竟偷偷在背後捶我一下，讓人意外，小說中常以意外的驚喜吸引讀者，詩當然也可以，而此處情節的發展，還是頗符合因果關係，符合邏輯，爲什麼？因爲作者已長時間「視而不見」，如今突然引起注意，如同捶了她一下，也正是心情矛盾、茫然的書寫。

第三段寫水晶盤和紫砂壺的鶼鰈情深，也是孤旅詩中，暗示、擴充的很好手法，以此來告訴讀者作者生活的孤單，竟不如兩個物件，表面未寫人生之悲涼，而悲涼已自詩中升起。人不如物，多可悲啊！

我們不必細細去分析每一段，但讀者若細心體會，就會發現作者設計的平凡書寫中，每一段都會有一些新的暗示加進來，這樣平凡的詩句，就會起了無限的變化。這就如同好的小說家，把普通的故事，平凡的人物，一般的情節，加以變化，深入，讓故事從普通中升級爲不普通，因而深深吸引讀者。任何寫作者，均不可忽略讓故事升級之重要性。

五、詩中的深層意義與指涉

詩中的表面意義，好像十分輕鬆閒適，但它的深層意義和指涉，卻讓人感受到人生的荒誕與虛無，從書櫃中的佛經和蠹魚，以及安養院和坐禪的六祖惠能，從中讀者可以體會人類生存本身的毫無意義，遂被一種悲觀無助的情緒籠罩在生存問題之本身上，無法解開。

「虛無不再是子虛烏有，也不再是不存在，它變成了存在，它聳立著，它以微不足道深入一切存在之中——儘管它的存在是毫無必要的。」（列夫・舍斯托夫[lev.Shestov,1866-1938]：《曠野呼告・無根據頌》[Kierkegard and the Existential Philosophy & the Apothesis of Ground lessness]，方珊，李勤，張冰等譯，上海人民出版社）從詩中，虛無主義在作者詩中，悄悄出現，表面說不出其來源，卻是從骨髓中悄悄的展現出來，也就是這種人生的空無，從作者生命的深層意義中顯現，讀者看似蜻蜓點水，眼睛如同走馬看花，卻另有指涉在其中。

有人從戰爭中，感受到生命的荒誕與虛無，那是面對滅絕人性的戰爭殘酷本質自然產生的；然而，作者只有面對人生的寂寞、無聊，也會產生那種生命的空茫和無奈，也許只有愛默生所說的：「我的寂寞不是來自面對高山大海或茫茫無際的沙漠，我的孤單來自面對成千上萬的人群。」那種內心深處的寂寞。

因此，我們可以讀到作者企圖把卑微小人物的荒誕與虛無表現出來，而不是只有所謂大人物才會有此種生命的感觸。作者利用此詩，暗示了許多人都會有的生存困境和精神困境，同時展現了詩人的悲憫情懷。

六、結語：深度想像，內在空間

這首詩之所以耐讀，在於它有表面結構和深層結構兩種句法，如同河流，表面平靜的河面，內在卻是洶湧異常，漩渦處處的伏流，更如同冰山，只露出表面的十分之一，而內在的十分之九，正是讀者再三深究的趣味之處。

瘂弦在《中國新詩研究》中說：「生活的深度就是詩的深度，沒有生活就沒有詩。」證之劉小梅這首〈我的眼睛走著走著〉，誠不虛言，此詩正是從日常生活中提煉礦源而來，但是令人驚奇的是它不是來自什麼轟轟烈烈的生活，而是來自非常普通平凡的生活。

最令人意外的是，此詩沒有一般現代主義作品，讓人一看就是表達生存的危機、表達人類的瘋狂和迷亂、表達人類社會給人的壓抑、表達人類無法滿足的變態和欲望，甚至對人生的空虛和無聊進行批判和拷問，它沒有，它只有在深層意義之間，指出人類生存的本質就是虛無，就是沒有意義。甚至於說是生下來就是等待死亡。一切都是空的，佛經能告訴我們嗎？蠹魚能告訴我們什麼？養老院能告訴我們什麼？六祖惠能又能告訴我們什麼？

詩人的感觸也許和所有人一樣多，但這麼多的感觸，可以寫成百萬言的書的內容，卻要用一首短詩來表達，就只有以「深度想像」來完成，把意義存在「內在空間」之中，如果讀者讀不出其內在指涉，則本詩非但無聊而且無趣。

聰明的讀者，你不妨重複、深入的再讀看看，我就不在文法修辭、寫作技巧之層次上嘮叨了。

小人物的生之詠嘆
——泛論羅任玲〈仙跡岩〉

一、詩選

仙跡岩

三十年前的落日
還懸在
一個少年傾斜的鞋尖上

再過去
就是早熟陌生的冬日了
敗選的父親

尋找詩花的路徑

帶著一家倉皇北上
人稱仙跡的腳下
你們賃居
虛無奇冷的時間盡頭
彼時荒雲蔓生山谷
你隨霧而上
像一名走索者
倒退看奇異的石階幻走成蛇
想仙跡
不過也是一場騙局
迴音響自空洞蟻巢

像政客搖晃欲塌的唇齒
彼時千年野桐隨風嬉湧
嘉慶古墓宿滿鬼刺成豐草

松鼠節慶般敲打
敗壞的夢境
你覷看秋芒猶疑萎地
春天，
只在漫漶的遠方落籍

我因此在後來的旅途中不斷
遇見你
和你的幻影
夕陽不斷熟透滿溢
墜入海一樣深的薄暮裡
世界如此廣大幽微
挨近一枚苦的果仁
如斯美麗
美如幻影

尋找詩花的路徑

而三十年不過
就是一首詩的飄散
始終未曾
現身的那仙人
不老極老或初老
吞吐祕境的鞋印究竟
都去了哪裡？
頑石依舊怔立山頂
向著醒來的方向

「春天終於來了」
背後有誰說
你，或者是我
瞇起眼來

望向更遠更遠
那暗中消逝的
天涯
彷彿有人擰亮
時間的反光

（寫在中壢事件三十年後）
（原刊二〇〇七年四月二十三日《中國時報》人間副刊，選入二〇〇七年台灣詩選）

二、詩的主旨及內涵

這一首詩寫作者的父親參加選舉失敗後移居仙跡岩，三十年來生活上的遭遇，心情的變化，以及對政治的感想、人生的感觸，一時同步洶湧而來的瞬間感受。

一般來說，選舉失敗，馬上面臨的是債務問題，競選活動的花費，十分龐大，作者爲何說敗選之後的父親要帶著一家人倉皇北上?金錢問題應該是主要原因，但詩上並沒有說明。

由於負債纍纍，倉皇北上，懸在少年面前的當然是「落日」般的凄慘，少年的身影，當然是瘦瘦弱弱，走路的樣子當然是傾斜的。他的日子當然是「早熟陌生的冬日」，當然過的是「虛無奇冷的」日子，人生如走在霧裡，尤其是像一個「走索者」，一步一驚險，那是多麼可憐而不堪的日子。

然而，仙跡岩也沒什麼仙跡，外頭政客的嘴臉還是一樣，此時作者所居住的環境，十分凄涼孤寂，例如千年野桐遍佈，還有嘉慶的古墓，除了宿滿鬼刺咸豐草外，人是不會來此居住的，但作者沒辦法，只好住在此像松鼠節慶般敲打敗壞的夢境，像秋芒猶疑萎縮的看著春天在漫漶的遠方落籍，春天代表希望、快樂，但此時它卻在遠方掩映，離作者遠遠的，可見生活上無比的失意。

在痛苦寂寞中，還好，不斷的遇見你，和你的幻影，這樣一來，本是傷心失望如同面對夕陽的心境，也會不斷的熟透滿溢，墜入海一樣深的薄暮裡，寫作者的心情已因遇見你，即使是幻影，也把昔日落日般的心情，變成了無限美好的夕陽。作者所見到的世界本來如同一枚苦的果仁，但如今卻是「如斯美麗」，而且「美如幻影」。寂寞、困苦的生活中，因爲有你而略有改善，甚至和前面的生活成天地對比。

但是作者慢慢長大，三十年過去了，三十年竟輕得如一首詩的飄散，心中一直想見的那位仙人，卻始終未見，不論他是不老、極老或初老，甚至讓作者覺得那雙能吞吐祕境的鞋印，也不知去了那裡，仙人之說，如少年夢般的破滅，只剩山上的頑石，依舊怔立山頂，面向醒來的方向。作者年齡漸大，漸漸體悟到仙人之說虛假，祇是夢幻，少年之夢也該醒了。

背後有人說「春天終於來了」，想必此人認為苦難已經過去，希望如春天來了。可是你或者是我並不如此樂觀，看向遠方的天涯，彷佛仍有人擰亮時間的反光，你和我都怕時間會返回到過去，春天不來，痛苦依舊。

此詩末註明：寫在中壢事件三十年後，可見中壢事件讓作者三十年來無時或忘，不但讓作者生活陷入悲傷無望的困境，即使在遇到那人，有一點人生的愉快，還是懼怕「遠方有人在擰亮時間的反光」，怕再重複過去的夢魘。

此詩沒有寫出敗選後如何被討債務，如何被政敵追殺，但從作者所營造的生活氛圍中，讀者可感受到政治的可怕，歷三十年而無法忘懷，很怕回到昔日的政治環境之下，再過那種恐怖的日子。

三、詩中的意象與修辭

落日代表生命衰敗期的意象十分生動具體，讀者容易產生事業由如日中天般的興盛，淪落到一天即將結束的暗淡。少年傾斜的鞋尖，也十分明白清晰，容易讓人體會到父親的失敗，帶來家運的沒落，連少年人走路都沒精神，不穩、傾斜，正是最好的、最具體的描述，所謂言不盡意，畫像以盡其意，畫一個走路歪歪扭扭的少年，正可以體會其生活不如意，心情不好的情況。

早熟陌生的冬日也十分清楚說明了作者年幼遇到家變，不得不提早面對陌生的人生，因而比較一般青少年早熟，冬日正是寫此時期生活艱辛的最好用詞，具體生動，不必太多廢話。「荒雲蔓生的山谷」、「走索者」都是描寫當時生活困頓最好的意象語。

「空洞蟻巢」、「欲塌的唇齒」，都是描寫政客的言論空洞，盡其所有力量騙老百姓的說話術。「千年野桐」、「嘉慶古墓」、「鬼刺咸豐草」、「秋芒萎地」等均是描述所居住環境昏暗、無人跡、沒有希望的意象語。而「春天」則是代表希望的意象語，只是和落日、冬日一樣稍嫌陳舊。同時「春天終於來了」又再次使用相同意象，在短詩中算是犯了大忌。

在修辭學上第一、二段相反的陳述，是對照法的修辭，因相異情況十分具體，讀者立刻能感到印象深刻，屬於相反二元對立的修辭手法，灰心失望對照充滿美麗幻影的希望，相當清楚。末兩段則是狀態突變法的修辭運用，正在美好夢想的時刻，突然再次陳述恐會回到昔日陰暗的時光，令讀者心情又為之一沉，如此一來，把讀者的心境一下子打得很低沉，一下子又抬得高高的，然後又打落到地上，好像洗三溫暖，如此變化萬端的「狀態變化法」作者運用得十分熟練。

另外作者「在時空交錯法」的運用上也十分到位，把三十年來時間的流逝和空間的呈現，兩者置放得非常妥適，相輔相成，篇章因而完整、完美。讓讀者讀完此詩，三十年中所發生的一切事情以及作者所住過的地點，都在腦中存下十分深刻鮮活的印象。

作者也利用「借喻」的修辭法，將暗淡的生活比喻為「冬日」，家運的衰敗，比喻如同一天將盡的「落日」，生活戰戰兢兢比喻為「走索者」，或「倒退看奇異的石階幻走成蛇」，都是比喻那段日子的曲曲折折。作者寫政治詩，尤其是政治受難者的詩，沒有赤裸裸說話，沒有喊口號，反而運用借喻、暗示的修辭手法，讓詩十分耐讀，思索、想像的空間增大。作者超越了對峙的政治問題，把人生的虛假本質，借政治的虛假表現出來。

整首詩以娓娓道來說故事的修辭手法，冷靜的訴說三十年來的一切，淡淡的表示一個政治上失意家庭成員的痛苦，可以說是一般小老百姓之痛，有冤無處訴之痛，是一種容易被忽略的小人物之痛，作者冷冷道來，卻比疾言厲色，慷慨高歌的政治詩更感人，這種容易深入人心的修辭手法，在藝術上能獲得更高的成就。

四、寫作技巧試論

第一，破題手法突出：作者第一段三行只以「三十年前的落日」開始，彷彿電影一放映，就出現落日，而且照在「一個少年傾斜的鞋尖上」。一個瘦弱單薄的少年，正孤孤單單歪歪斜斜的走在荒野上，一輪即將落下的太陽正孤懸在上面，以電影運鏡的手法破題，容易吸引讀者讀下去。

第二，借自己人生的際遇，對政治虛假、人世虛假的探索，仙跡岩沒有仙跡，前人命名虛假騙人，政客搖晃欲塌的唇齒，寫盡了政客鼓其如簧之舌騙人的技倆之虛假，「你」的到來，讓作者以美麗人生即將到來，也是一場虛假之夢，結局「彷彿有人擰亮／時間反光」，寫盡了作者對虛假政治的驚怖。作者在理智和情感的調和上，使整首詩讀來沉穩深刻，不會如口號般的激情，內涵更豐富。

第三，對比反差十分鮮活，以第一段和第二段看來，生命的失意灰心和對前程的美麗幻想，十分清楚明白，讀者十分容易進入作者的詩境。第三、第四段突然反轉，如同小說的驚奇結尾，讓人突然震撼如同觸電，印象清晰深刻。作者並非一味的唱著絕望之歌，有時也會有希望之光照射進來，也並非一味只探討政治的虛假，有時也探索生命意義的虛假，將人生的存在本質，做為探索的主題，通過詩的高潮迭起，或迅速滑落，造成閱讀心情的起伏，暗示人生的起伏。

第四，作者在詩中表現對人生的思索，環境的困苦，往往以意象生動來進行詩行，並進行所有理性或感性的思考，不會陷入於一般政治詩的清楚明白的書寫中，更不會單純描繪被迫害的現實實況，尤其不會單純詠嘆人生的悲苦，作者將思考的層次提高，甚至具有探討人世的普遍性，置之古往今來，甚至以後，都會一再發生的悲劇。幾乎每個世代都會有父執輩事業失敗，全家受苦的事件。

第五，詩中具有故事性，讓描寫人生的詩，有血有肉，尤其故事中出現「你」，可以做多方面的解析，例如「你」是政治的大騙子，一番甜言蜜語，夢樣的政見，騙得我心花怒放，然而，劇情急轉直下，帶來的是讓作者如同「頑石怔立山頂」，一直望向「醒來的方向」，如今從美夢中被打醒，惡夢接著相隨而來，劇情急轉直下，頗具閱讀的趣味性，情節可以多方面的聯想，有時可以說成許多故事，甚至和當前政治情況的變化相結合。

五、結語：普世的心聲

作者把自身的遭遇，經過三十年的人世變化，再三的反思政治、人生，寫出了一首不只是表達私我的詩，甚至是有普世經驗價値的詩，人人都會遇到的情況，許多人都會有的共同經驗，想表達卻表達不出來的心聲。作者爲政治受難的小人物發聲，爲人世的虛假所騙的人發聲，這首詩表面上是私密性，其實它是普遍性的，而且是多麼不可思議的貼近升斗小民，是一首低沉、回味性十足的人世詠嘆調。

站在時間的稜線上冷眼觀看

——讀丁文智詩作〈芒〉

一、詩選

芒

一路趕來的季候風
只為扶正
以芒花為幡的這場祭典
進而　招
魄散於山野的那片十一月的魂

鳥也趕過來啁啾

站在時間的稜線上冷眼觀看

尋找詩花的路徑
牠們以咯血之聲
在為提早淪喪的季節悲鳴

而我卻站在時間稜線上以冷眼觀看
老了的秋　是怎樣在日暮途窮中
一點一滴
融進了未雪而雪的那片芒茫之白後
我不禁自問

現在該感傷的是彤雲
還是蕭條了的山色

（原刊二〇〇八年十二月十九日聯合副刊）

二、詩的主旨

詩人以芒花的外形和在秋天的季節所呈現的蕭索，寫出對時間的逼人感受。首先以風吹著芒花，彷彿扶正了祭典用的幡，彷彿在招流浪在山野的十一月的魂魄。詩人是敏感的，尤其對時間的消逝，八十歲左右的詩人，更能感受到那種年齡上的秋意襲人，詩一開始就寫出了詩人感慨時間消逝的心情。

接著詩人聽到鳥聲的啁啾，竟然是咯血之聲，竟然不是悅耳的鳴叫，而是爲提早淪喪的季節悲鳴。陸機在《文賦》中說：「觀古今於須臾，撫四海於一瞬。」詩人在瞬間聽到鳥的啁啾悲鳴，以小見大，自可以看出長長的一生即將消逝，年老的歲月，僅剩這麼一點點有限的生命，與古詩「夕陽無限好，只是近黃昏」有類同的感觸。

第三段詩人站在時間的稜線上冷眼觀看，這一生中春的美好，夏的昂揚，都已過去，如今是老了的秋，是日暮途窮的時刻，看到芒花的白，好像冬雪將臨未臨的情景，人生的一點一滴，此刻都回到心中，來感觸萬端。

末段剩下詩人自問，該感傷的是面對的彤雲，所謂夕陽無限好呢？還是蕭條的山色，所謂只是近黃昏呢？

詩人面對秋天的芒花，感於一年將盡，年近八十，感於歲月來日無多，寫出了一首震撼人心的佳構。二〇〇六年三月，丁文智由爾雅出版的詩集，就定名爲《能停一停嗎，我說時間》，一樣是透過詩來詮釋時間對詩人內心所造成的壓力。

三、意象的使用

時間是無形的，人們用日影、沙漏等有形物體來計算時間，詩人也利用有形的季候風、芒花、鳥的悲鳴、彤雲、山色等來暗示時間，甚至暗示生命的末期。時間是這些外在東西的內涵，經過時間的消逝，內涵終於化爲外在的表現。

詩人最擅長將這些言不盡意的抽象東西加以畫象以盡其意，也就是意象的使用。例如「一路趕來的季候風」，使無形流動的時間具象化，彷彿時間是一道季候風，一路吹了過來，人們終於看到了時間。

一路過來的風，用一路趕來的「趕」字特別形象化，好像選手在百米賽跑，如在目前。而一路的「路」字也給予空間化，有一段空間讓時間在上面賽跑，詩人創造了時空一體的不可分割狀態，風像時間走過，而路是風走過的途逕，表現了時空兩者交織的哲學主題，展現了詩人的藝術功力。

芒花是白色的，在山野間展現如幡的祭典意象，正是詩人感受到如同歐陽修在〈秋聲賦〉中所感受到的生之威脅。也如同李白在〈將進酒〉中的感受：「高堂明鏡悲白髮，朝如青絲暮成雪。」李白將一生壓縮，在「朝」、「暮」短短一天之中，而丁文智竟將一生壓縮在季候風吹過來的一剎那，這種快速鏡頭變化的時間蒙太奇手法，正是詩作獲得美感與形成意境的重要原因。

另外「彤雲」與「山色」兩個意象的使用，作者只輕輕點出是「該感傷」而已，並未如古詩「夕陽無限好，只是近黃昏」的大力感嘆，自屬不同的藝術成就。

四、修辭學上的探討

此詩在修辭學上有如下的運用：

第一，比喻的運用：「以芒花爲幡的這場祭典」，看到芒花的白，以及對季節、生命等的感受，遂聯想到死亡，以芒花爲幡的比喻，變成了招魂、祭典的象徵。即黑格爾所謂的「不在所寫事物的本身（即芒花）上留戀，而轉述另一對象（即幡），使讀者更能明白所寫對象的意義，得到更具體更深刻的印象。」賦、比、興三種詩的表現手法中，以比最易寫，但最難工。丁文智此處以芒花比喻祭典用的幡並不具創意，但卻十分妥貼，詩當然以創意爲上，例如布魯東就要詩人「將性質十分不相近的兩個物件拿來做比喻，使它們驚人且突兀的收在一起」，但這是可遇而不可求的，如能在一般人已熟悉的比喻中，巧妙的加以運用，讓人讀來感受深刻，亦比一般拙手寫出一堆情緒的詞句爲佳。

第二，聯想的運用：鳥的啁啾，聯想到咯血之聲，聯想到提早淪喪的季節悲鳴，都使詩作更易引人進入一種生命蕭索，即將結束的哀嘆境地。作者此處的聯想乃是屬於「接近相同的聯想」，鳥叫有時像唱歌，十分快樂悅耳，之所以聯想到咯血、淪喪等，乃是作者心情的寫照，更能顯現作者對時間消逝的焦慮感，此處聯想雖仍不具創意，但仍能引起讀者強烈的共鳴，比一般突兀的聯想，讓人不得其門而入，無法感動爲佳。

第三，感情移入的修辭手法：丁文智詩中的芒花、鳥的啁啾、彤雲、山色等均不具任何讓人感動的成份，之所以讓人感動，就是作者加入了感情在這些東西上面。如陶淵明的「採菊東籬下，悠然見南山」，南山是否美，關鍵在於「悠然見」三個字。作者此詩關鍵在「我卻站在時間的稜線上以冷眼觀看」，讓人清楚明白詩人站在那裡，表面上「冷眼觀看」，其實是急迫而熱烈的注視著「時間」這一種不見形，不見狀，卻能傷人、切人於無形的東西，這一感情的移入，遂使全詩有了藝術生命，也就是美。

第四，擬人化的修辭技巧：第一段「一路趕來的季候風」，是將風比喻爲人，快步趕來，除了讓節奏快速生動外，也讓作者對時間快速消逝的緊張焦急狀態表達出來。

里爾克在《時間之書》中說他可以聽到時間打擊在他身上的聲音，而丁文智卻是看到時間像季候風一樣，一路趕來，更加具象而生動。一直以來，丁文智的詩在時間主題上不斷的著墨，但不論是〈鄭州桐葉飄〉中的「落葉」，或是〈芒〉中的「芒花」，都顯示人面對「死亡」的無奈，兩詩中「今後亦不知該如何自處的桐葉」和「以芒花爲幡的這場祭典」，不論你以什麼心情來解讀，都是那麼淡漠而哀傷，骨子裡有一種任何生命都無法逃脫時間的毒手，一種無可奈何的悲戚。

第五，以層遞法開展情節，讓讀者深刻體會到生命的節奏，此詩以層遞法的技巧，一層翻過一層，情節在層層傳遞間翻轉展開。第一段先寫季候風加速趕來，芒花在風中招展，如同招魂幡主持死亡的祭典。第二段以鳥的啁啾展開奏哀樂，接著詩人如亡靈站在時間的稜線上冷眼旁觀，對時間、生命的一點一點消逝，產生不知是否如彤雲般繁華消逝的感傷，抑或是蕭條山色的落寞，全詩在次第展開間，暗示著生死存亡的哲理。

第六，巧妙的以空間讓時間顯現：時間是抽象的，看不見的，連孔子都要對川流不息的河流發出對時間消逝的浩嘆：「逝者如斯夫，不舍晝夜！」這樣就看到「時間」在流動了。屈原也同樣以《天問》探討時間和空間：「遂古之初，誰傳道之？上下未形，何由考之？」最粗淺的人也會用「光陰似箭」、「歲月如梭」來形空時間的快速消逝。丁文智以風吹過的空間，芒花飄揚的空間，鳥站在那裡的空間，彤雲與山色存在的空間，讓時間從無形中有形的站立出來，這種時空巧妙的有機結合，使詩大大的加強了藝術的美感，不但排除了詩的平庸感，並且大大的加強了驚奇感，使人樂於閱讀。

五、寫作技巧試探

第一，審美主體與審美客體的巧妙結合：〈芒〉一詩中寫的是「芒花」，而內在要表達的卻是「死亡」或「時光的消逝」，芒花的白剛好和祭典用的幡十分形似。這就和楊萬里的詩「畢竟西湖六月中，風光不與四時同。接天蓮葉無窮碧，映日荷花別樣紅」一樣，先有了荷花，才有這一首詩。丁文智先看到芒花，才有了這首對生命、時間迅速消逝的感觸，主體與客體巧妙配置結合，美感因而存在。

第二，將美感壓縮在瞬間，使美顯得豐富而強烈，作者從季候風加速趕來之時起感到時間消逝之恐怖，然後看到芒花、聽到鳥的啁啾，想到人生的繁華落盡，如今已是蕭條的山色（或暮色？），顯然是短短的瞬間，其感動力如同李白的名句：「高堂明鏡悲白髮，朝如青絲暮成雪」一樣，具有強大的震撼力，在短的瞬間中表達了如此深刻的悲憤，給人的美感是多麼豐富而且強烈。阮籍也有同樣類似的詩：「朝為媚少年，夕暮成醜老」卻和李白的詩句有不同的境界。

第三，空間和時間關係的巧妙變形組合，是形成了詩作美感和意境的重要原因：整首詩探討的是時間，而表現對時間消逝的哀傷卻是有形的空間，兩者巧妙組合，在讀到風迅速趕來的空間距離，即感受到時間的殺傷力，因而有芒花如祭典的幡之意象呈現，如果沒有這些空間上的種種變化呈現，時間消逝之痛感就不會如此強烈，而詩作美的建立與意境的形成就不會如此水到渠成。此詩的奇趣與空靈之美，正是由於空間與時間巧妙變化組合之故。

第四，詩作有豐富的立體感，在藝術美上展現了「雕塑之美」及「空間的深度」。整首詩面對芒花是俯視，面對一路趕來的風是平視，面對鳥的啁啾是左顧右盼，面對彤雲與山色則是仰視，如此多角度的視境就是葉維廉在《維廉詩話》中所說的「全面視境」。也就是宋代畫家在郭熙在《林泉高致》中所提到的「三遠」——即仰視的「高遠」，俯視的「深遠」，平視的「平遠」，丁文智此詩有綜合以上各種視境的實際表現。

第五，前面修辭學的探討中，提到了作者此詩在比喻上的運用，而整首詩中，讀來卻也有意有未盡，十分含蓄之感，同時也有借物抒感的意涵，鍾嶸在《詩品》中有古人讚美詩藝的話：「文已盡而意有餘，興也；因物喻志，比也；直書其事，寓言寫物賦也。宏斯三義，酌而用之，幹之以風力，潤之以丹采，使味之者無極，聞之者動心，是詩之至也。」作者此詩讀來殊耐回味，乃因有以上三者之故也。

六、結語：從胸臆中自然流出的佳構

曹丕在《典論、論文》中說：「文以氣爲主，氣之清濁有體，不可力強而致。」從丁文智的歷來詩作中，可以獲得印證。他的詩作讀來清新可喜，從沒有世俗的濃濁之氣。另外他的寫作也從不故意做詩，往往是水到渠成，形成詠嘆，即鍾嶸在《詩品・總論》中所說的：「氣之動物，物之感人，故搖蕩性情，形諸舞咏。照燭三才，輝麗萬有；靈祇待之以致饗，幽微借之以昭生。動天地，感鬼神．莫近於詩。」詩人之所以屢有佳構，乃是基於情動於中而形於言，絕不勉強寫詩。因此袁宏道爲其弟袁中道的詩集寫序〈序小修詩〉中也說：「大都獨抒性靈，不拘格套，非從自己胸臆中流出不肯下筆。有時情與境會，頃刻千言，如水東注，令人奪魄。」丁文智詩作之所以雋永有味，乃因爲積壓胸中，不吐不快，因而成詩之故。

一齣人生空無的荒謬劇

——讀張堃詩作〈訪善導寺〉

一、詩選

訪善導寺

來此參悟禪理
佛門空空
出家的僧侶
也許早已看破
世間諸相
想必
人生就是如此

尋找詩花的路徑

青燈
木魚
早晚課

一踏入大總持門
寺外滾滾紅塵
便戛然止於
背後一堵牆垣
而佛門空空
想必
大千世界
也只不過是一堆
夢幻泡影
如果人生真是這樣

紅塵如何
夢幻泡影如何
大悲咒如何
偶然飄出牆外的偈句
被轟隆的車聲帶走
頓悟　又
如何

民國七十四年十二月二十日

（選入張默編：九歌出版中華現代文學大系詩卷一九七〇—一九八九）

二、詩的主旨

第一段寫出一般人到善導寺不外參悟禪理，但佛門空空，出家的僧侶也許早就看破了，人世間的諸相，到這裡不外青燈、木魚、早晚課，寫出所有寺廟的情景都是如此，只是作者以善導寺爲抽樣代表。

第二段寫一踏入大總持門，寺外的滾滾紅塵就戛然而止了，這滾滾紅塵和佛門空空之間就是背後的一堵牆垣，以此牆爲界。既入佛門，就要把大千世界，想成一堆夢幻泡影，不值得留戀。

第三段寫人生如果真是這樣，那麼紅塵又如何？夢幻泡影又如何？大悲咒又如何？偶然飄出牆外的偈句，被轟隆的車聲帶走了，而頓悟又如何？寫出作者在寺中那種猶豫不定的心思。

就內容而言，一般人可能都是這樣，進到寺來，頓覺外面的滾滾紅塵都似夢幻泡影，又是唸大悲咒，又是唸偈句，但一旦回到紅塵，這些大悲咒和偈句是不是又被轟隆的車聲帶走了，此時瞬間的頓悟又如何？作者沒說，讓讀者自己去想。

此詩看似簡單，但讀者可以聯想的卻很多。例如作者在寺廟所表現的懷疑態度，是不是暗示這是一個令人迷惑的時代？尤其兩次世界大戰對人們造成的傷害、天災也不比人禍少，可以給人思考的空間極大。又二戰後，科技更加進步，人們的生活型態也大大的改變，這些都是在一堵牆的內外，讓人可以深思頓悟的。

然而，作者卻又做出第三段的結論：「這些頓悟又如何？」讓人摸不透他的心思，這就是此詩迷人的地方。

三、荒謬感的產生

此詩讓人讀後，覺得頗爲荒謬，既然進到此一牆之隔的空空佛門，就是要頓悟外面的夢幻泡影總成空，爲什麼又來一段「頓悟又如何」？這就是膾炙人口的地方。

荒謬主要來自荒誕，因爲作者如此思考太不合邏輯和理性，使人有荒誕不經和哭笑不得的感受。你可以想像那是什麼畫面，面對出家的僧侶在青燈木魚下做早晚課，你卻說：「頓悟了又如何？」豈不令人錯愕？是在嘲笑嗎？

但是如果從存在主義的觀點，這些來頓悟的人也是荒謬的，因爲人生本來就毫無意義，沒有什麼事是自己可以把握卻又要努力去把握，難怪作者會如此發問：「大悲咒如何？」、「頓悟了又如何？」

其實這一首詩的畫面更是荒謬的，一個置身事外的人，到善導寺造訪，冷眼旁觀，露出懷疑的面孔，面對虔心禮佛的人士，這不是很奇怪的畫面嗎？

所以說作者很巧妙的營造這一首詩的畫面，讓人一開始就認爲到此來一定是來參悟禪理，一定認爲佛門空空，所有出家僧侶都早已看破世間相，都在青燈木魚下做早晚課。

然後再營造一個不以爲然的旁觀者一再發問：「頓悟了又如何」，這樣成功的營造畫面，如同漫畫的諷刺效果，因而造成荒謬的內涵，產生荒謬感。

四、悲憫情懷的展現

作者在第一段首次展現了他的悲憫情懷，對出家的僧侶，他說：「想必／人生就是如此／青燈／木魚／早晚課」第二次是在第二段，他又說：「想必／大千世界／也只不過是一堆／夢幻泡影」。

兩次的想必，都是作者同情心的展現，第一段同情僧侶人生的孤寂，尤其用「人生就是如此」的語氣，更可以看出他心中的悲憫：「爲什麼人生只有青燈、木魚、早晚課」，當然也暗示一般俗人無法理解方外人士之可悲。

但是相對於大千世界，他也認爲「只不過是一堆夢幻泡影」，同情人們生活的虛無。虛無和孤寂都是作者心中所感到的不捨，悲憫情懷也由此而生。

也許前述兩種悲憫不捨，有人會以宗教信仰來反駁，有人會以人生如夢幻泡影所以要如何如何來和作者爭論，但作者在第三段就很阿Q的說了一些看似風涼話的論點：「頓悟了又如何？」使整首詩看似嚴肅，其實非常的輕鬆，無限詼諧。

這也暗示，人生不必如此刻板，不妨靈活一點，該快樂就要快樂，何必如此自苦？許多哲學家不停的訴說什麼人一生下來就面對死亡？說什麼人都一直在面對不能避免的悲劇世界？因而有人自我放逐，有人淪落紅塵，這些都是作者覺得不捨而表現出無比同情，用等同「算了吧！」不必如此自苦的語氣，尤其「如果人生真是這樣」一句，表現出了作者因悲憫而說出的無奈話語。

五、詩短但結構完整

這一首詩只有三段，在結構上第一、二段對比論述，第三段作者結論。

第一段寫佛門中人修行只有面對青燈、木魚、早晚課。而第二段以大千世界來做對比，卻仍然是一堆夢幻泡影。

這中間雖然隔著一堵牆垣，但結果是佛門空空對比外面大千世界的夢幻泡影。同質性的比較，不論做什麼努力，人生結果都是一樣。

因此作者得出了十分頹唐的結論：頓悟了又如何？當然中間歸納前面兩段「如果人生真是這樣」，而後又有「紅塵如何／夢幻泡影如何／大悲咒如何／偶然飄出牆外的偈句／被轟隆的車聲帶走／頓悟　又／如何」等的推衍，但總歸一句：頓悟了又如何？

這在章法結構上有先排列對比材料，使論點具體突出，如果是完全不同的差異性對比更好，可以使主旨鮮明、醒目、活躍，增加讀者的強烈感受。

而結論則十分具體的提出紅塵、大悲咒、偈句、車聲等意象，以說明抽象的結論：「頓悟又如何？」

所以這是一首短而結構十分完整的詩，即所謂「痲雀雖小，但五臟俱全」，一、二、三段層次井然，氣氛的營造也很適當，意象也都很具體，如青燈、木魚、早晚課，一看便知是出家人修行。而一堵牆垣也是十分具體意象，馬上可以分辨出修行人和俗人的區別，是一道很具體的界線。而外面的車聲意象則代表芸芸眾生。

六、結語：頗能反應當時人們的思維

這一首詩寫於一九八五年（民國七十四年），台灣社會才剛剛要解嚴，西方現代主義的思潮也才剛剛影響過台灣五、六十年代的詩壇，當時人們才剛剛大談特談存在主義、沙特、卡謬……等哲學、哲學家，因此「人生一切都是空虛」，人們的「精神有困境」，一切都是荒謬和虛無……。作者利用造訪善導寺的機會，把自己身受的思想表達出來，頗能代表當時人們的思維。我們也可以藉由這一首詩，欣賞到二十四年前，還是優秀青年詩人的張堃之寫作手法和思維。

追尋心靈桃花源不可得的茫然
——讀潘郁琦詩作〈荒山月〉

一、詩選

荒山月

是了
星星已經醒來
在我輕輕的腳步聲裡
青石小徑扣響了
眾山的寤寐
稀落的燈光

尋找詩花的路徑

在山的重影中
寫下沉默的凋零
天地間
剩下黑色的清冷
月光鋪展了星星
張望的那條山路
山路上
叢林交疊著低語

月在荒山
星星在荒山之外
山中盡是溢滿傳說的古道
鞋履輕踏
斑駁
走回自己

拉長的記憶

千山有月
月攏煙嵐
我拉緊隨風展翔的衣襟
星子遂跌落
在我猶未成行的夢裡
風過
情緒也過
流過一地
由你開始的時間

千峰悄立
荒原上月已西沉

原載《創世紀》一五九期

追尋心靈桃花源不可得的茫然

二、詩的主旨

第一段寫作者走到山中的青石小徑中，她的腳步雖輕，但腳步聲已扣響了眾山的沉睡，此時眾山正在似醒非醒，似睡非睡的寤寐之中，而且連星星都醒來了。完全是作者心理的感覺，其實星星仍然是星星，眾山仍然是眾山，它們是否醒來，完全是作者自己的想法。

第二段寫作者所看到的景，是燈光稀稀落落的在山的重影中閃爍，因景而生情，所以有「寫下沉默的凋零／天地間／剩下黑色的清冷」，仍然是作者的感覺。此時又回到寫作者所看到的景是「月光鋪展了星星／張望的那條山路」，雖是寫景，也暗示了作者的想法，星星張望，正是作者內心的張望，同時好像聽到「叢林交疊著低語」，仍然是寫作者的內心直覺。

第三段寫月在荒山，而星星卻在荒山之外，山中盡是充滿了各種傳說的古道，暗示作者心中有許多傳說的故事，也可能是發生在作者身上的故事，於是她的腳步輕踏著，或是山路，或是已斑駁的往事，所以有「走回自己／拉長的記憶」。暗示這是一個有長長故事的背景。

第四段寫到千山有月而且月攏煙嵐，迷迷濛濛，忽隱忽現，作者把隨風展翔的衣襟拉緊一點，有夜半風寒之感，接下來寫作者對人生故事的看法：「星子遂跌落／在我猶未成行的夢裡」，此時跌落的星星，應是作者的人生理想、或目標、或心目中的人，果然，此時「你」出現了：「風過／情緒也過／流過一地／由你始的時間」，因此作者心目中的你應已不在身邊，一段情終於也過去了。

此時千峰悄然而立，荒原上月已西沉，正是幕落時，作者回到孤單、寂寞的「星子跌落」、「月已西沉」的狀況。

二〇〇九年五月二十三日，潘郁琦在「時空藝術會場」做「海外尋詩」的演講，所展示的幻燈片、詩作，均是她旅遊各國風景名勝之攝影及詩作，有黃山、印度泰姬瑪哈陵……等，顯現出一直住在美國大城、台灣台北的她，多麼渴望回歸山林、田園、古老的文明中，去過自己逃避文明的生活。

〈荒山月〉已經充份說出她回歸自然的心願，但是這樣的心願，卻是「剩下黑色的清冷」、腳步是「斑駁／走回自己／拉長的記憶」，一切「風過／情緒也過」，只有「星子遂跌落」、「荒原上月已西沉」。悲傷的心情，由此可見。追尋心靈桃花源失落的茫然，溢滿全詩。

三、意象及文法修辭

此詩中的意象十分清晰，例如星、月，都是十分具體的物象，用來描寫心象如希望、理想，所以有「星星醒來」、「星子跌落」、「月光鋪展了星星／張望的那條山路」等。

在文法修辭方面有時空變化法中今日與昔日對映如現在是「星星已經醒來」，對應著過去「星星在荒山之外」。現在是「在我輕輕的腳步聲裡／青石小徑扣響了／眾山的瘖瘂」，而「鞋履輕踏」竟是過去「拉長的記憶」，而且已經「斑駁」。

詩中也有「今日與來日對映」的時空變化法，例如現在是「千山有月／月攏煙嵐」，未來是「千峰峭立／荒原上月已西沉」，如果要說作者在結尾見的「月已西沉」，至少有前後對映的關係。不過我認爲應是預示未來的希望已經失落，如「月已西沉」。

在空間上此詩也有由遠而近，或由近而遠的寫法。例如首段由遠方的星星，寫到近處的青石小徑。次段由近處的燈光，寫到遠處的月光。

還有，此詩在時空的交感上，也應用得十分巧妙，有時間與空間的糅合交綜。例如空間寫山中古道，時間卻是已經斑駁的，拉長的記憶。

另外此詩在情景分寫上也有不錯的表現，例如第一段寫景兼抒情，景是星星，所抒的情是星星已經醒來，完全是作者內心的投射。作者走在青石小徑，有輕輕的腳步聲，卻扣響了眾山的痦痳，情景交融得很好。

第二段則先寫景再抒情，景是稀疏的燈光，情是「沉默的凋零」及「黑色的清冷」。第三段景則是「月在荒山／星星在荒山之外」，情則是「走回自己／拉長的記憶」。其他，讀者可以類推。

四、寫作技巧探究

一、好詩必須要有音樂性的語言，或舒緩、或悠揚，餘音不絕。本詩在音韻上節奏緩慢，如果放低聲音朗誦，其哀傷的調子，聽者一定爲之動容。

此詩在句型上長短有序，例如第一段先來兩個字的「是了」，接著第二、第三行慢慢加長。第二段則有長有短，第三、第四段則又回到有兩個字的句子，使節奏或緩或急，十分抑揚悅耳。

二、章法結構還算完整，有起、承、轉、合的文章結構。例如第一段「起」，先用「是了」，表明作者內心有所感，因物起興，或觸景生情。

第二段「承」，延續第一段的情、景，續寫山中所見，心中所感。山中所見是「稀落的燈光」，心中所感是「天地間／剩下黑色的清冷」。

第三、四段是「轉」，聯物抒懷，外物是「星星在荒山之外」，心中所有的感懷則是「走回自己／拉長的記憶」。「風過／情緒也過」。

末段是「合」，是因物寄慨，外物仍然是「千峰悄立」，而感慨則是「荒原上月已西沉」，自己的感情是一片荒原，而希望則如同月已西沉，看不到任何希望。所追尋的心靈寄託已幻滅。

三、飄逸出塵的思想美，本詩大體有之。我們從整首詩來看，可以說作者一直在找尋心靈的「烏托邦」。作者走過很多的路，終於在荒山之地，頓悟「是了」，就是這裡了，「星星已經醒來」了。但是經過一連串的轉折，作者似乎仍沒有找到心靈的淨土，於是末段「荒原上月已西沉」，理想破滅，她仍在尋找，因爲「千峰」仍然「悄立」，她的夢依稀仍在前方，但卻追尋不得。

四、詩中的含蓄美，使作者的詩「言有盡而意無窮」。《文心雕龍》：「情在詞外曰隱，狀溢目前曰秀。」情在詞外就是含蓄美。此詩作者常常欲言又止，有時只點出一些些，其他的讓讀者自己去想。例如第一段的「眾山的寤寐」就値得再三推敲，山就是山，爲什麼會似醒非醒，似睡非睡？當然是暗示作者自己的心情或身體狀況。如此光芒內歛，溫婉深曲，當然教人感到層次重重，具有幽邃的深度美。

五、詩中有想像力的舒展延伸之活力，具有聯想性的意境。比如說星、月與理想、希望本來是兩個無關的東西，作者把它們變作有關。「稀落的燈光」、「黑色的清冷」與「拉長的記憶」本來是有差異的東西，現在把它們拉成類似，也就是記憶中的一切竟似燈光那麼依稀，竟似身旁的氛圍那麼清冷。

六、此詩讓人可以欣賞到作者感悟性的意境，有教人深省的境界。詩從輕輕的腳步聲，扣響青石小徑開始，一直在尋找星光，體悟山的痼寐，看到一切沉默的凋零／終於體悟到過去的記憶都已斑駁，一切都祇是溢滿傳說的古道，風過了，情緒也過了，月已西沉，千峰仍然悄立，自己頓悟，還要再繼續追尋那些星光、燈光和月光，然而，路仍在茫茫之中，有現代人被迫過自己不願意的生活之悲傷。

五、結語：獲致詩美學的完全勝利

潘郁琦已出版的幾冊詩集中，用詞均十分典雅，有些古詩詞的味道，思想也十分古樸，都如同陶淵明一般，在尋找夢中的田園。

由於一直生活在大城市中，對都市文明的厭煩和前行代詩人對人生的荒誕感一樣，都會有無奈感。而前行代的詩人都幾乎如同葉維廉在《秩序的生長》乙書中所說的，他們自認爲詩人的責任「就是要把當代中國的感受、命運和生活的激變與憂慮、孤絕、鄉愁、希望、放逐感（精神的和肉體的）、夢幻、恐懼和懷疑表達出來。」而潘郁琦在承接這些養份之後，是不是要依樣畫葫蘆，繼續與他們一樣，發出相同的聲音？

因此潘郁琦讓自己的詩回歸古典，尋找自己夢中的山林、田園，以之來抗拒現代社會中政治的混亂帶給人們生活的困惑和生存危機。一樣是對現實困境的不滿，但反抗的方式並不一樣，以找到自己詩作的特色。

然而，從此首詩中，可以看出她的追尋是茫然的，星光不見，月已西沉，作者在詩中透露了存在本身仍然是困境，不論你如何掙扎，如何衝撞。如同海德格（Martin Heidegger）在《存在與時間》（Being and Time）乙書中所說的：「真正可畏者是存在本身，世界本身，人在畏懼中覺得茫然而失其存在。」

所以不論是前行代詩人「以詩做爲對命運的抗議」，或者是潘郁琦的逃遁心態，結果都是茫然的。瘂弦承續了這種茫然的思緒在〈詩人手札〉中說：「有時候一首詩所產生唯一感應便是茫然。而準確有效地傳達了此種茫然，那首詩的駕馭者便可說是獲致美學上的完全勝利。」以之來證明潘郁琦此詩中的茫然，其表現是成功的。

毫末寫天地

——讀辛牧詩作〈芝麻綠豆集〉

一、詩選

芝麻綠豆集

愛的進行式

冷，是雪表達愛的方式
熱，是太陽表達愛的方式
劈腿，是情侶表達愛的方式
摧花，是男女表達愛的方式
燒炭，是生命表達愛的方式
殺戮，是人類表達愛的方式

毀滅，是上帝表達愛的方式

奇遇

驚奇地遇見
昨日風光的
白鬍子老公公
在二〇〇九年

他一個人
在公車候車牌
向每一個人伸手
『先生，能給我一個麵包嗎？』

星星

星星在天上四處張望
他一定看到不該看的東西
難怪眼睛老是扎扎的

月亮

半夜
她在池邊攬鏡自照
哇！什麼時候長了皺紋
她望著湖中的影子
正當出神之際
湖問：我漂亮嗎

太陽

他是一個癡情漢
他就是不相信
這輩子追不上月娘

原載《創世紀》一六〇期

二、詩的主旨

最近辛牧發表的短詩，均取名「芝麻綠豆集」，十分噲炙人口，讀後頗有所得、所思。所謂「芝麻綠豆」也者，言其小也，但小事件，往往有大啓示，我十分喜歡，往往再三把玩，不忍釋手，有時讀了多次，每次的感想又都不一樣，這正是我向讀者推荐的好詩重要元素之一。

刊於一六〇期《創世紀》的共有五首，多者八行，少則三行，可以說都是小詩。第一首〈愛的進行式〉只有八行，以冷、熱……毀滅等八種現象，排比出八種愛的表達方式。冷是雪的表愛方式，合乎自然現象，不需要解釋。但它的好就好在不需要解釋，卻讓人覺得妙。這種情形就是所謂「文章本天成，妙手偶得之」，許多古詩都有此現象，如「黃河之水天上來」，不是什麼特別景觀，放在詩中，卻可讀、可感，讓人引起很多聯想。其它每一種現象或可直感如「熱是太陽表達愛的方式」，或要再三推敲如「毀滅是上帝表達愛的方式」，均使得詩充滿再三思索的想像空間。

第二首〈奇遇〉頗有故事性，可以說有小說企圖，我之所以說有「企圖」是因為它基本上是詩，只是有說故事的企圖。此首令人頗感欷歔：「昔日風光的老公公，今天竟變成向人要麵包的乞丐」，真是情何以堪？但這只是故事的表面，內涵的「詩意」，可就值得再三省思了。

第三首〈星星〉，以人們看星星的扎眼現象，反說成他看到不該看的東西，眼睛才扎扎的，無理而妙。這首詩雖只有三行，但要表達的「意在言外」卻很多。

第四首〈月亮〉頗有禪意，詩意在「不可說」之間，讀者一定好奇：「爲什麼攬鏡自照，月亮會長了皺紋？」其實皺紋一定是水的漣漪，但這不是重點，重點在後段，本應是照鏡的月亮要問自己是否漂亮，如今反而是湖問我漂亮嗎？轉的非常好，很有意思。這首詩不當禪詩看，也可以當反諷詩看，讀者自己想想辛牧在諷刺什麼，滿肚子意見要發表的辛牧，你看到他真正的意見了嗎？

第五首〈太陽〉也只有三行，利用太陽出來，月亮下去，月亮出來，太陽下去的自然界現象，描述一種痴情追求或追隨，十分有意思。當然詩中的言外之意也不只此，讀者自己再三推敲吧！

三、意象及文法修辭

「愛」是十分抽象的，但冷也是抽象的，以「雪」去表現就十分具象。其它太陽、劈腿、摧花、燒炭、殺戮、毀滅等就是十分具體的事件或物件。

古人說：「言不盡意，畫像以盡其意，就是意象」。畫像可以畫東西，如太陽，也可以畫事件：如殺戮，如白鬍子老公公的故事、星星扎眼睛的故事、太陽追月娘的故事……等。這五首詩可以說十分易解，但因讀者的程度不同，可能了解的深度也有極大的不同，不過，不論什麼程度，作者所提供的意象，都是進入這些詩作的重要橋樑。因爲一個作者心中所要表達的往往是十分抽象的東西，所以必須借具體的東西或實例來說明。如抽象的俚俗格言「神氣沒有落拓來得久」，就以某人以前如何風光，如今竟淪爲乞丐，或某人以前統領百萬大軍，如今淪爲階下囚，就十分具體可感。如形容窺視就以「星星在天上四處張望」，精準貼切的表達，即可看出作者使用意象的功力。

在修辭學上，這一組詩作很明顯的運用到「聯想法」。聯想法運用得成功，將使詩作新鮮、生動，不會流於平舖直述。例如窺視、眼睛就聯想到星星。例如男人追女人，就聯想到太陽和月娘。例如因湖而想到鏡子，因漣漪而想到皺紋。因冷而聯想到雪，因熱而聯想到太陽……等，還有許多可以挑出來的例子。這樣互相烘托，以產生對應的美學，可見聯想能力在寫作上多麼重要。

另外作者也使用到了「旁敲側擊法」，例如用「星星四處張望」及「眼睛老是扎扎的」，在暗示某些人「一定看到不該看的東西」，想像空間很大。利用月亮正在湖上「照鏡子」，而湖卻突然反問：「我漂亮嗎？」是在暗示什麼？頗有神來之筆。用太陽追月娘的例子，去側擊某些作者的理念：「我就是不信……」，用以表示作者堅定的心志。詩言志，信哉！

本組詩在比喻上也運用得十分巧妙，例如「太陽是一個癡情漢」，和月娘玩追逐遊戲，是一個宇宙天體的自然現象，卻巧妙的比喻成永不放棄的執著，十分可喜。

以上的修辭學方法，最重要還在整合上，也就是說作者把比喻、暗示、聯想……等運用得渾然天成，因此讀來不會有分割的感覺，是一首首天衣無縫，巧妙自然的短詩。

四、寫作技巧試探

許多新詩作者，爲了掩飾內容空洞、技巧貧乏，常常把詩寫得莫測高深。但作者這一輯詩，卻寫得淺顯有味，十分不易，因此擬在此探測其寫作成功之因素：

第一，表面簡單，意涵卻十分深遠：例如〈愛的進行式〉乙首中每一則都可以寫成一本長篇小說。以「劈腿和摧花、燒炭」等則就可以是讓八點檔連續劇灑狗血灑個沒完，但我們從詩的簡單字面上，卻可以感受到背後的深長意義，而不至於低俗到想及那些被寫爛了的劇情。其它每一首皆可作如是觀。

第二，構思新奇，想像力強，尤其以月亮臨湖自照，湖竟然問：「我漂亮嗎？」最有神來之筆，本來是月亮要問的，如今竟反轉爲湖問了，反轉得突兀而妙。另外風光的白鬍子老公公竟然向人伸手：「先生，能給我一個麵包嗎？」也十分突兀，然讓人心神爲之一震。這種突兀的反轉，在小說上即稱爲「驚奇結尾」，美國短篇小說王奧•亨利最擅長此道。

第三，詩中有恰到好處的含蓄美，每一首小詩，讀了雖然立刻有感受，但並沒有一覽無遺，作者點出的看似全部，其實只是冰山一角，其他百分之九十還在深海中，值得向下向內挖掘。例如「殺戮爲什麼是人類表達愛的方式？」、「毀滅爲什麼是上帝表達愛的方式？」、「白鬍子老公公爲何不再風光而要向人乞討麵包？」……等等，在在都有很深遠的內情可以探詩。

第四，作品有立體感，每一首都有故事情節，可以說是小說詩，前面說過了有「小說企圖」，但並不是小說，基本上還是詩。這樣的詩，不會是平面的，尤其是扁平的，只是說出一番道理。它更是立體的，屬於人間的故事，即使第一則格言式的「某某是某某表達愛的方式」也是立體的，是有故事性的，是有生命的，一首有生命的詩讀來是會撼動人心的。例如宋人曾公亮的〈夜宿甘露寺〉七絕後兩句：「要看銀山拍天浪，開窗放入大江來」，其震撼力之無匹，可以想見。

第五，題材都是讀者熟悉的，例如「太陽追月娘」、「月亮臨湖照鏡」、「星星扎眼睛」、「風光的人變成可憐人」、「燒炭、摧花、劈腿、殺戮、毀滅……等愛的表達方式」，都是身邊的瑣事或自然界的現象，作者居然都可以巧妙的把所感所思加在上面，變成有味的詩篇，足見其寫作功力的不凡。其他還有甚多寫作技巧可以探討，限於篇幅，只舉其中重要而且明顯的，剩下的讀者自行推理延伸。

五、結語：詩作有感而發，新鮮有味

早年辛牧寫詩，大都發表在《海鷗》詩頁上，直到投入《創世紀》，才顯露出更多寫詩的才情，以不到四年的時間，就入選《七十年代詩選》，且詩作被譽為：「不尋常的燦爛與驚奇，可以捕捉到一些些現代人的迷亂以及幻滅甚至瀕臨崩潰的影子……」。

曾和陳芳明、林煥彰、蕭蕭、蘇紹連等人合組「龍族詩社」，主張「舞自己的龍，打自己的鼓」，作品開始脫離早期的晦澀難解。我曾在《中學新詩選讀》一書中，選析他的作品〈清明〉，深深爲他詩中淺顯易懂，卻十分有味的詩句所感動。

後來幾乎有二十幾年，詩壇不見辛牧的蹤跡，正在眾人大呼可惜時，他突然又再現詩壇，並以短詩寫出他對這世界的種種感悟，新鮮有味。幾乎所有身邊小事，都成爲他詩作的礦源。

前面所選的五首〈芝麻綠豆集〉就是此段時的一小部份，但讀者不難從中間體會到辛牧獨特的思考和變化多端的意象語言。我們知道，辛牧對這個世界有很多不滿和意見，這些不滿和意見，他並沒有赤裸裸的表達出來，而是用詩或諷刺或暗示的向人們娓娓道來，往往能深獲人心。

二〇〇七年曾出版《辛牧詩選》即深獲好評，如今又過了一段時間，詩作更清明有味，小詩往往對他心中的悲憤一擊中的，我們深深盼望，能再讀到他更多的好詩。

在時間的囚禁中逃亡

——讀林婉瑜詩作〈出走〉

一、出走

林婉瑜

作為一棵都市裡的樹
對烈陽和暴雨
都得張開自己

一再被掏空的路面
動搖我的底細
我的悲劇來自於根著
並且宿命地，不斷抽長

尋找詩花的路徑

和水泥一同構成盆地
巨大的塊根

有路人把遊記刻在我木質的版面上
因此，我得以想像草原、森林
和一幅沒有人類鑲嵌的畫
作為一株被種植的風光
與庭院的假山布景
共同描繪這落文明

微酸的雨水與我光合愛戀
影子尾隨太陽的意志位移
伸手試探自由的底限
在煙塵裡更新呼吸
學習更隱密地吐納……

作為一棵都市裡的樹
我的想願
是木本科的
私心豔羨暗中行進的年輪
如此緩慢啊
卻深刻地出走

（選自林婉瑜詩集《剛剛發生的事》）

二、作　者

林婉瑜，一九七七年生，台中市人。台北藝術大學戲劇系畢業，主修劇本創作。曾獲林榮三文學獎、時報文學獎、優秀青年詩人獎等多項。作品入選《中華現代文學大系（貳）詩卷》。著有詩集：《索愛練習》（爾雅）、《剛剛發生的事》（洪範）。

從一九九九年開始真正有意識的寫詩，到二〇〇六年準備出版《剛剛發生的事》

詩集爲止，大多數的作品，都在記述年輕的心緒流動以及對事物答案的探求，從後記中，明顯看出她對母親和孩子，有同等的愛：「當我凝視孩子的純真而突然察覺，我的注視，也就是昔日母親對我的注視，凝固的想念才會散開，母親生前種種再次清晰。」這點十分不易，俗語說：「父母對子女的愛是長江水，子女對父母的愛是扁擔長。」

難怪作者有許多作品，都是因爲喪母之痛而寫，她說除了悲傷和思念，她找不到任何實踐孝道的方法。明顯的例子是〈並不多久以前沒有很久〉乙首，完全不分段，一口氣喃喃自語下來，內容甚爲「無厘頭」且一片模糊，除了因傷心過度，失神嚴重的狀況下，很難做合理解釋。也因爲如此瘂弦說她：「這種快筆速寫的自描手法，稱得上奇筆，也是一種誘發讀者參與『重寫』的表現策略。」

另外瘂弦也讚許她：「創發很多新的技巧」，鄭愁予評她：「詩之追尋是在知性的，注重歷史的，強調真理的條件下完成。」羅智成也說：「她的作品充滿生活感，比較接近客觀世界。」雖然，林婉瑜已展現出做爲詩人的必備條件，剩下的就只有努力的寫下去。

三、探討詩的主旨

作者以都市的樹在象徵自己生活在大都市裡的不自由，不能自主的無奈：「作為一棵都市裡的樹／對烈陽和暴雨／都得張開自己」。

以「一再被掏空的路面」及「和水泥一同構成盆地」來說明自己的立足點多麼空虛、不實在、不穩，並且受到如同水泥圈住根部的局限，無法發展，而我的根卻是宿命地，需要不斷抽長。寫出人和樹一樣，具有宿命的悲哀。

更悲哀的是，路人在木質的版面上刻遊記，且把我當一種種植的風光，成為庭院的假山布景。利用樹木在都市中真實的遭遇，來襯托做為人也是都市文明中的假山造景的悲涼，一語道破人類物化的困境。

而都市中酸雨和煙塵，對人和樹木都具有傷害性，不論是做為人或樹，都要「在煙塵裡更新／呼吸／學習更穩密地吐納……」悲哀的強度已達頂點。

結尾回到猛省：本來做為一棵都市的樹，它木質年輪會隨時間而一年增一圈，做為人，尤其是上班族，年資的增加，除了薪水調漲外，還有許多其他的好處，如今我卻覺得年輪一年增一圈，好緩慢啊，內心終於決定，深刻清楚且明白的告訴自己：我要出走，我不在這個骯髒污穢的都市裡苟活了。但是如果是一棵樹？它能出走嗎？它走到哪裡？人與樹互相暗喻、反諷。

四、修辭技巧

此詩以詠物為主，並寄託個人的情思，第一段描寫物態，樹對烈陽和暴雨的不得不張開自己，埋下作者接下來要發抒心情感悟的伏筆。果然接下來都是利用樹的立足點、實用性以及外界的迫害，來說明做為都市人悲哀。因此本詩藉由詠物然後抒感，即所謂借物抒感的修辭技巧。

同時本詩在修辭學上也利用到「賓主法」，所謂賓指的是「樹」，主是「人」，也是作者，利用輔助材料「樹」，來凸顯主要材料「作者」從而有力的傳達出主旨的一種章法。這種章法是根據相似去聯想，人被困在都市中，和樹被種在都市的土地上，完全相似，這樣互相烘托，以產生對應的美學，而且有了主有了從，都是為托出主旨而服務，這樣就會形成繁多的統一，因此而產生和諧美。

這首詩的進行，是以層遞的技巧，依序前進，因而在起承轉合上頗中規中矩。首先作者以樹生長在都市之無奈情況開始，依序而有路面被掏空的不易行走，不易站立之敘述，然後又有被用來裝點門面，外界不利於生存的因素之敘述，然後道出結論：要出走，層層剝開，讓讀者由外而內，如剝洋蔥，一層一層，由外而內，直到核心，即所謂層遞法修辭學的使用。

整體來說，此詩也良好的繼承了《詩經》「賦比興」的藝術傳統，利用樹的客觀事物，主觀的進行描繪，大量的作者心情書寫，又都與客觀的事物吻合，營造出條理分明的藝術氛圍，讓人讀來，頗能品味到作者人生的感悟與哲趣。

五、詩藝探究

第一，想像力的充分運作：人和樹，如何聯想在一起，是需要靠敏銳的聯想力才可能辦到的，因爲樹是靜態的，人是動態的，之所以能連結在一起，完全是根據相同的宿命，無可奈何，想逃也逃不掉的悲哀。做爲都市人，這一點應可以完全體會：爲了現實生活，不得不如此。

第二，意象的巧妙運用：這首詩的單一意象是「樹」，藉以描述作者抽象的理念：「被困在都市中」，這樣乾癟枯燥的理念，如果以之入詩，將犯了做詩的大忌：「以理念入詩」，因此作者以「樹」做爲中介轉換。這樣做頗得司空圖的主張「離形得似」。

第三，具有詩人之眼：一般人之所以視而不見，原因在於沒有詩人之眼，也就是心眼，才能見別人之所未見，體會別人不能體會的東西。林婉瑜能看到人和樹的關係，才能把個人具有的卓越性和特異性的「看見」，提示出來，尤其瞬間興起的意念，不同凡俗的想法，正是詩人藝術家所獨具的慧眼才能辦到。

第四，具有戲劇性：一般詩作，讀起來之所以乏味，乃因爲太平淡，如果能巧妙的加上一些戲劇性的「情境衝突」，較能滿足讀者的期待。這首詩之主要衝突點在於性格命運的衝突。

第五，寫出了現代人痛苦的根源：海德格（Maxtin Heidegger, 1889-1976）指出「人生在世本質就是煩，而且將永不可能解除」。這一人生特質，小說家、戲劇家、詩人，一直以來都以它爲表現的主題。作者十分年輕，居然也能體悟生活的本質，以之入詩，十分可喜。

第六，化抽象的時間爲具象的年輪，更能深刻表達人被時間囚禁，一直逃亡的命運衝突：「私心艷羡暗中行進的年輪／如此緩慢啊／卻深刻地出走」，內心矛盾衝突，溢於言表。

六、結語：詩路迢迢，唯有堅持

從林婉瑜已出版的兩冊詩集中，不難看出她在文字的運用上已能得心應手，寫作技法上也屢有創新，經常留有想像空間，讓讀者參與創作，有時看似一揮而就，卻更具有寫作的機心，不受限於文學的流派理論，能反映出自己真實的生活，把自己在戲劇教育中所學的，用充滿戲劇性的手法在詩中展現出來，甚至許多詩作的部份情節，頗能展現多元意象的創造，予讀者深刻的閱讀印象，尤其對生存窘態和生存危機的審視更令人激賞。雖寫詩之路漫漫，面對艱難迢遠的詩路，只有堅持的寫下去，才是成功的不二法門，寫詩的人何其多，能登龍門者卻微乎其微，林婉瑜勉乎哉！

剝開無法剝開的私我

——賞析碧果的詩〈神祕主義者〉

一、前言

最近碧果把寫作數年的「二大爺和二大娘」作交由爾雅出版社出版，書前有白靈寫的序〈水的上下，火的左右——碧果與他的二大爺〉，頗能指出碧果一生思索的重心，那就是不斷地探索人的肉身（形）與意識（神）的相抗、矛盾、互動和統一。

現在我們就來賞析詩集中的一首佳作〈神祕主義者〉，首先請先看原作：

神祕主義者　　碧果作品

二大娘的心裏珍藏著二大爺的一句話
如翠鳥棲息著，而
剝開無法剝開的私我

二大爺心理與二大娘一樣
也珍藏著一句話，像翠鳥
啊　兩具如樹的肉軀呵
總是聞到翠鳥在　咕噥

二、詩的主旨

這首〈神祕主義者〉，詩中出現了兩個人物，一個是二大爺，另一個是二大娘，兩人心中都藏著一句話像翠鳥的話，而且時時聽到翠鳥在咕噥。

像這樣心中各有一句話的夫妻，世間不知凡幾，但二大爺和二大娘所珍藏的卻都是像翠鳥，暗示兩個北方土老夫妻，雖沒甜言蜜語，但恩愛卻是永恆的。

如「樹的肉軀」暗示兩個人表達感情，可能如樹木之木訥，但心中的愛意（咕噥），卻由身體語言表達了出來，正是一般凡夫俗子的婚姻。

作者以二大爺和二大娘爲主角，除了表現一般市井夫妻外，還表達了這一代中國人飽經戰亂的人格變形。如同白靈在序中所說「肉身與意識分離症」。

我認為作者寫二大爺和二大娘有下面幾點用意：

第一、暗示懷鄉的心思：碧果離開家鄉的時候，已經十六、七歲，對家鄉的人物，應有粗略的印象，對家族中人，也不容易忘記。而這些人物，這些印象，最具體的就是以二大爺、二大娘、女兒二嫚和幼孫來表現。

第二、替這一代的老兵發聲：二次大戰後，許多戰爭片都鮮明的刻劃出飽受戰爭折磨的士兵圖像。越戰也有不少反思的作品，甚至產生反社會的變態人格都有。為何飽受中日戰爭、國共內戰，流落異鄉永遠無法還鄉的人，沒有詩、小說、散文或電影？這是多麼豐富的題材，多數老兵又拙於文詞，善於表達的詩人、作家，為何不充份利用這一份資產？

第三、創造一個新鮮有趣，令人哭笑不得的人物：亂世中離家，土地、財產沒有了，親人無法相見，反攻的希望十分渺茫，但人還是要活下去。幾十年來散居台島各地的老兵，應該有文學藝術家去關心他們了。不論是黃克全的《兩百個玩笑》，或是碧果的「二大爺」，都會讓人為他們人生的悲喜劇不知該哭還是該笑。

第四、以另類的方式詮釋這一代的悲劇：這一代的悲劇，可以寫成小說、拍成電影，當然更可以用散文細細描寫。而碧果是詩人，詩人必須把眼中所見，心中所感，用最精省的文字去表現，去建構屬於碧果的詩的「視界」。

第五、維持一貫的探討特色：不論是〈靜物〉一詩中一長串的「黑的白的」，或是「一股肉雲」、「一廈驚駭」等怪異的語言，都展示碧果一貫的特色，而且數十年如一日，不論讚美或譴責，毫不改變初衷。人們再次讀到「浸在鼾聲裡的二大爺醒成夜」（〈柿子紅了〉），對比以前的「被囚之礦的死囚的齡之囚」及「我之一條泥虹的淡水街市之一條泥虹」，就不覺得奇怪了。

三、詩中的意象及修辭

這首詩只有六行，因此使用了兩個十分生動具體的意象，就是「翠鳥」和「兩具如樹的肉軀」中的樹。這種形象化的手法不但讀者一目了然，看到樹的肉軀，馬上想到他們的強壯如樹或木訥如樹。看到翠鳥，馬上想起每個人心中都有如翠鳥歌聲般的心思，或者是秘密。

以當時國人的習慣，接受父母之命的婚姻，心中各有一個秘密即喜歡另外一個人亦非不可能。如果是這樣翠鳥的啼聲就變成「咕噥」，而且時時得聞，亂其心緒，但認命的國人，沒有多少人有徐志摩式的反抗婚姻故事，往往一生「忍」著相處，只有心中時時「咕噥」罷了。

此詩在修辭學上使用了「相同併立呈現法」，即「二大娘的心裡珍藏著二大爺的一句話，如翠鳥棲息著」與「二大爺心裡與二大娘一樣，也珍藏著一句話，像翠鳥」兩件事併立存在。這中間暗示著，不只有你心中有秘密，我也有呢！這種同時併存呈現的方法，使事件更清晰，更有震撼力，加強效果。

兩件同樣的事情，雖然拼立存在，但作者寫法還是有變化的，第一個是「二大娘的心裡珍藏著二大爺的一句話／如翠鳥棲息著」而第二個「二大爺心裡與二大娘一樣／也珍藏著一句話，像翠鳥」，「如翠鳥棲息著」對比「像翠鳥」中間就有了變化，更加生動，而且留下令讀者深思的「扣子」，你會想二大娘心中這一句話是二大爺的一句話，而二大爺心裡所珍藏的這一句話是不是二大娘的？如果是則會如何？如果不是，故事的發展又會如何？

同時，「如翠鳥棲息著」與「像翠鳥」雖是指心中同時各有一句話，但在強度輕重效果上是不同的，雖然作者巧妙運用了修辭學上的「層遞法」使他們變成大小輕重不同比例的兩個事物，在讀者閱讀中造成層層遞進，心中的感受一次加重一次。當然，依次類推，如果再出現二嫂心中也有一隻翠鳥，那將是神祕主義中的神祕主義了。

末兩行，作者修辭學的「象徵」上，亦運用十分巧妙。二大爺與二大娘兩個人間的平凡人物，如樹般的肉軀，別人都以爲除了柴米油鹽、生兒育女之外，他們懂什麼呀？但是作者卻賦予他們心中各有一隻翠鳥，「總是聞到翠鳥在咕噥」，象徵即使平凡夫妻，還是有心事的，千萬不要以爲不爆發的火山就是死火山。這種透過意象的媒介，間接陳示的表達方式，正是象徵用在更進一步的隱喻某些抽象觀念、情感與看不見的事物，不直接予以指明的高度藝術手法。

四、其他詩藝成就探究

碧果這一系列「二大爺」的詩，早就引起注目，十分特殊，如同劉興欽的漫畫「大嬸婆」，凡是到內灣旅遊的人，沒有不被「大嬸婆」的招牌所吸引，且令戰後這一代人回憶起讀初中時「偷看」漫畫的共同記憶。

二大爺的故事，其成功處在於詩中故事的幻與真互相彰顯。在真實的故事如果夠清晰，則以幻想擴充之，如此詩味才不會滯塞。以這首詩爲例，現實的部份是二大爺與二大娘就平凡的生活著，但是幻想的部份是心中各有一隻翠鳥咕噥著，這就沒完了，詩味無盡，想像無盡，就有可能因而打打鬧鬧一生也說不完。

這種似真似幻的戲劇式的小詩，每讀一次會有一次不同的感受。每一個人讀後也都會有不同的體會，因此它的留白或想像空間就十分巨大，千萬不要祇想到一種內容、一種情境或只有一種感受。

因此，我讀碧果這一冊詩集《肉身意識》是採全部讀完一次，然後偶而再翻到那裡就讀到那裡，全書給我印象都是借二大爺及二大娘等的身邊瑣事，借助幻想，讓不著邊際的故事，逸出主題，讓你無法確定那些是現實，那些是幻想，有時如幻似真？詩的趣味性於焉產生。如同白靈在序言所說的「二大爺正是與碧果『同質同素』的鏡像。他是『碧果的魂』也是『碧果的殼』，是碧果創造出的既存在又不存在的戲劇性人物。」

碧果的內心世界永遠是那樣的詭異的，作品當然讓人誤以為是在玩文字遊戲一般，二大爺系列的作品，雖然不再出現「小花豹」、「一肢肉雲」、「透紫的娼妓」，但基本藝術觀上並沒有太大的改變，如同白靈所說的：「他不曾間斷於探索人的肉身（形）與意識（神）的相抗、矛盾、互動和統一，此『外』與『內』的辯證關係於是成了碧果一生思索的重心。」

和這首〈神祕主義者〉一樣，還有許多詩都是小說家要表現的題材，但是以詩最爲接近藝術的核心，例如〈目擊者〉乙首：

目擊者

二大爺剝開一枚橘子
一瓣瓣橘肉送入口中，之後
開始疑惑。之後
他　　笑了
咯　　僅僅是一枚橘子

是在表達人生的什麼東西？彷彿有所感，又彷彿沒有，這正是碧果給我們的。我曾經是一位「目擊者」，看到一位遊民在檢爛橘子吃，我心中不捨，給了他一顆好的橘子，他笑了笑，同時把好的橘子吃完，咕噥著：不都是一枚橘子。

我不知道碧果目擊了什麼，但是這世界確實有許多值得你用心「目擊」的故事。讀碧果的詩，更要用心去體會，世間多少如〈柿子紅了〉的夫妻：「浸在鼾聲裡的二大爺醒成夜／觸撫窗外一輪明月的是「二大娘」的同床異夢的微妙關係。如果不用心，懶於思考，你將錯過碧果詩中的許多奇花果卉，秀山麗水。

傾聽那迷人的腔調

——讀黑芽〈說什麼　我也願意〉

一、詩選

說什麼　我也願意
說什麼　我也願意
傾聽
那
秋風落葉之後之美之事
說什麼　我也願意
傾聽

那
山之聲
水之聲
傾聽
那
仰望無聲之聲之氣
在
唇　齒　喉　胸　胃　逐一放逐
說什麼　我也願意
傾聽
那
彎月之前心事
說什麼　我也願意

傾聽
那 茶所給與山之放逐水之放逐聲之放逐

（原刊〈創世紀〉一五八期二〇〇九年三月號）

二、詩的主旨

這首詩，是一組六首詩中的第四首，寫得很輕快，清清淺淺的道出作者一連串的心事，剛好可以順便帶出其他五首，所以選它為代表。

詩的題目〈說什麼　我也願意〉，十分率性，妙就妙在這樣的率性。說真的，有些時候，說什麼還都不能一廂情願的願意呢！就如同李明依的廣告詞「只要我喜歡，有什麼不可以」，還被人群起而攻。

詩題雖如此，但它還是有限的，比如傾聽秋風落葉之美事，比如傾聽山之聲、水之聲，比如傾聽那從唇、齒、喉、胸、胃中所逐一放逐的無聲之聲、之氣，更比如傾聽彎月之前的心事、茶所給與、山所放逐、水所放逐、聲音之放逐，這些事情，說什麼作者都願意，我看連讀者都願意。

詩言志，而作者所言之志，多麼平常，卻又多麼新鮮、高妙，是人們心中久久的渴望；作者淡淡的、清淺的、率性的道了出來，令人喜歡。

作者信手拈來，就寫出了人們習見而且忽略之事，經此點出恍然大悟：啊！真該去看一看那秋風落葉，看一看那彎月，細訴心事。總之，所有作者點出的美事，讀者因而猛省並拍案叫好。其他五首都有相同的效果，讀者請自行參閱。

詩中意象的使用也十分單純，都是很平常的秋風落葉、山之聲、水之聲、彎月、茶等，是習見的東西，但是由於平常，由於習見，卻更動人。看似沒有任何心機的經營，而整首詩所呈現的意象氣氛，卻十分突出、不凡。

為什麼？人們平日面對不是繁忙的公事，煩心的家事，就是不好處理的人際關係，作者隻字未提這些，只有率性的道出詩所呈現的事情，背後那些苦況，不用說，讀者就明白了。

尤其，人們在忙碌之餘，喜歡到處走走，作者只有簡單的呈現山之聲、水之聲；告訴你看到秋風落葉，告訴你可以在彎月之前細說心事，整個美好的畫面就出來了。這就是所謂「言不盡意，畫像以盡其意」，也就是意象使用成功的緣故，讀者很容易進入作者訴說的情境中。

四、修辭學上的探討

這首詩在修辭學上有幾點可以探討的：

第一，用題目「說什麼　我也願意」，一連重複四次，帶出作者想要說明的事項，節奏感很好，很適合朗誦。

第二，省掉一次「說什麼　我也願意」，破除呆板遲滯。讀者可以細看第二次「說什麼　我也願意」之後一連出現兩次「傾聽」，本來第二次「傾聽／那／仰望無聲之聲之氣」之前，應該還有一次「說什麼　我也願意」，作者卻省略了。

第三，長短句襯托，有的句子只有一個字，有的卻長達十六個字，可以造成閱讀時停頓及一口長氣讀完的不同讀詩效果。朗誦時更可以造成抑揚頓挫的聲音效果。短句停頓，可以讓讀者思考，長句可以加強作者強調的效果。

第四，虛實交互運用，讓詩產生極大的想像空間。「秋風落葉，山之聲，水之聲」都是實在具體的，任何人得而見之，得而聽之。但唇、齒、喉、胸、胃間之氣，彎月之前的心事，就不易見到，可能是虛的比擬，較不具體，也因爲不具體，可以想像的空間就很大。

第五，以層遞法開展情節，來先寫秋風落葉後之美事，再進而寫到去聽山之聲、水之聲的妙境，然後進一步吐出唇、齒、喉、胸、胃間的無聲之聲之氣，也就是吐出悶氣，在社會上忍受太久不敢出聲的悶氣，此時一吐為快。接著寫在彎月之前想心事，最後才寫到茶之給與，也就是靜下來喝一杯茶，舒舒服服的將其他一切放逐，如山之放逐、水之放逐、聲之放逐，將一切放逐，回歸真我，只面對一杯茶，茶所能給予的是什麼，讀者的想像空間就大了。

五、寫作技巧試深

第一，簡單有味的詩，不容易寫，而作者整組詩六首，均有相同的效果，就是讀起來並不困難，很容易瞭解作者要表達什麼。然而，表面簡單，意涵卻十分深長，這就不容易了。例如這組詩中的第三首〈結凍的你〉：「你說／我很熱情的寫詩／怎麼會／／熱情不愛詩／詩必須有點冷最好結凍／才有故事可以／吃」真是妙極了。

第二，構思新奇，有別於現在的現代詩，不會讓人讀了痛苦非凡，有時甚至會再三讀幾次，回味一下，每次，感受都不相同。例如這一首〈說什麼　我也願意〉，給人的畫面就非常清新，思考的方向也十分新奇、特殊，這應該是所有詩人應該認真思考的方向。

第三，夢境的成功塑造，帶給讀者快樂的希望，在生存競爭如此激烈的社會，有時提供給人們一個有希望的夢境也不錯。而作者詩中正提供了一個很美的夢境，你可以傾聽秋風落葉那樣美的事，你可以傾聽山之聲、水之聲，如此美好的人生，幾人能夠？上班無法出遊，假日人多車多，此種美事，只有退休老人可以做到，但退休老人又行動不便，如此一想，能實現那樣的夢境機會還真少之又少呢！成功的塑造如此可貴的夢境，讀之令人欣然。人們不易實現的夢境才是迷人的夢境。

第四，意象的使用與文法修辭均見寫作功力，前面已有討論，這裡不再重複。只是看似新手（第一次讀到黑芽的詩作，頗爲驚艷）的作者，寫起來在意象經營及修辭使用上卻十分老練，而且都似乎駕輕就熟，不費吹灰之力，十分神奇。

第五，對人的位置及人生頓悟的哲理有似有若無的透露，凡高明的詩讀者都可以體會到作者探討人生有所悟以後，才寫出這一組詩，同時人活在世上要站在什麼位置，扮演什麼角色，是嚴肅、緊張，或是隨意安適？都可以自己決定，你也可以「說什麼我也願意」，去看看夕陽、落日，聽聽落葉聲響，何必一定要忙碌終日，一生汲汲營營？

六、結語：意味深長，創新雋永

黑芽這一組六首詩，當我讀到第一、二首時就決定爲文推荐了，並不是怕讀者不懂要在這邊嘮叨，而是怕大家未注意錯過了。

你看第一首：「當所有，眼睛都迷失／內在世界對不起外在世界」（〈對不起很容易〉），多麼迷人？多麼令人一再沉思，爲什麼眼睛都迷失以後，內在世界會對不起外在世界？

再看第二首：「我／將／黑／脫去／／在寒冬／／用一種很私人的配方／／做古老的事」（〈洞房花〉），你會會心一笑吧！

這一組詩，就這麼簡單，但卻能讓人每讀一次，都有每一次的新感受。自古以來，人們所經常吟詠的，都是這一類簡單而有味的詩，不論古詩或新詩都一樣。黑芽的詩爲我們提供了一個不必爭論的答案，那就是：詩無論難易，皆要清新雋永而且意味深長，讓人讀後回味無窮，願意一讀再讀。

古典與現代融合

——讀古月的詩〈醉蝶花〉

一、詩選：

等妳　等到含苞綻放
觸動的微笑
朝露般
經過暗夜的膠著
讓神傷的心情
豁然

醉蝶花啊　花醉蝶

尋找詩花的路徑

風中
搖曳的裙襬
柔美動人
不勝酒力的蝶兒
以朦朧眼神
飛向妳
飛向火焰的色宴
忘了回家的路

不知是花弄蝶
或是蝶戀花
飛舞得風雨欲來
讓狂野的熱情
風燒火燎般
渾然

醉蝶花啊　心已醉
今夜　佇停亦然
縱使沒有小橋流水的順暢
我們會作同一個夢嗎
或者是讓我振翅
飛入妳的夢中
續緣

（刊於 99.11.04 聯合副刊）

二、詩的主旨

這是一首十分古典，用詞優美的情詩，讀來深刻動人。

詩一開始，就直接切入「等妳」，而且不知從什麼時候等起，但竟「等到含苞綻放」，極言愛之真貞。直等到清晨來臨，妳翩翩降臨風采，才讓我暗夜那種膠著神傷的心情，爲之豁然開朗。等待之苦澀，與見面之欣喜，形成強烈的對比。

第二段更加強見面之喜悅，如花醉蝶，或醉蝶花，花與蝶之互相吸引，如癡如醉。高興的心情，如迎風招展的群襬搖曳，柔美動人。如不勝酒力的蝶兒，以朦朧的眼神，飛向妳，飛向那火焰般充滿色彩的喜宴，竟忘了回家的路，更進一層的描寫相處互動之愉悅。

第三段又更進一層的描寫兩人相處之火熱，此時已不知是花弄蝶或是蝶戀花，飛舞得風雨欲來，飛舞得狂野熱情，如風燒火燎，渾然忘我。古詩詞之情愛描寫，亦不過如此。

末段描寫這麼美好的境界，居然彷彿是夢境，作者突然發問：「我們會作同一個夢嗎？」是否體會到醉蝶花之心已醉，醉得茫然。如同今夜他(她)的佇停，雖然自覺一切都如小橋流水之順暢，但怕只是夢，夢醒時，一切都已枉然，還是自己飛入妳的夢中續緣吧！

整首詩似真似幻，讀後令人悵惘不已。

三、詩中的修辭美學

作者的古典文學造詣很深，意象的使用脫胎自古典詩詞，但靈活運用，不會泥古而不化。例如意象十分精準的用「含苞待放」的花來暗示等待之長久，並且不會如歌詞「等到花兒也謝了」之無望。另外用花醉蝶和醉蝶花的意象，來描述兩人之互動，更加深刻。

整首詩在層遞技巧的使用上，也十分熟練，從第一段見面之欣喜開始，鬱卒之心情，豁然開朗，到第二段之蝶醉花，花醉蝶，身形舞動搖曳如迎風招展之姿，更加形容見面之喜悅，到第三段相處之火熱，可以說依序前進，層次井然。

另外作者的「主軸抽離之縱收修辭法」也使用的恰到好處，使本詩的主題，故事性，並沒有赤裸裸的告訴讀者，而是利用花啊，蝶啊之互相吸引，互相醉眼朦朧，襯托出本詩的情愛故事。

本詩的省略跳接語法的使用，也使本來易於變成散文的句子，得以避免。例如第一段從等妳開始，跳到觸動的微笑，中間省略了不少情節，使得內涵更加豐富，可以擴增讀者的想像空間，其他各段都一樣，由於省略許多敘述性的語言，情節的省略跳接，讀者必需自己重組、拼貼，才能還原整個故事，使得詩作充滿了多義性和可以展現讀者深入探討的能力，也就是讀者可以再創造。

前面我說作者的古典文學造詣很深，並不意味著作者就疏於現代文學技巧的使用，其實本詩在「對等原則」（Principle of equivalence）的使用上也頗符合雅克愼（Ronan Jakobson）的「對等原理」。本來相戀的是兩個人—我和妳，但此處作者選用了對等的字詞花和蝶，使「表面結構」更可以深一層去顯示內在的「深層結構」。

四、寫作技巧試探

第一，對比技巧的使用：從第一段的描述，就可以知道作者擅長使用對比技巧，例如從等待的神傷到初見面的豁然開朗，即爲明顯的例證。再從末段突然降到懷疑是否「會作同一個夢」對比前三段之欣喜、癡醉、火熱，更是鮮明對照。

第二，是故事性情節（plot）的經營企圖：這是可以寫一本數十萬字的深情小說，只用短短四段二十八行，就寫盡兩人之愛戀，尤其分手時要再見面之等待，見面時之欣喜，內心之徬徨，怕不是真實的夢境。

第三，情眞美學的書寫：在現代男女分合如此頻繁的時刻，還有如此情真的書寫，令人匪夷所思，也更令人珍惜。從詩中的第一段及末段，都可以看出作者極爲珍惜這一段愛情，時時產生「不安的心」，如「暗夜的膠著」、「神傷的心情」、「會作同一個夢嗎」等！由於如此情真，當然會被外界所影響，怕失去深情所愛，乃十分正常的事。

第四，本詩在用字上十分優美古典，音韻上十分符合誦讀之音樂性節奏：用字如「含苞綻放」、「微笑」、「朝露」、「神傷」、「醉蝶花」、「花醉蝶」等，都很古典優美。整首詩讀來亦餘音不絕，繞樑三日。或舒緩，或悠揚，很適合朗誦，尤其用低淺的中音，聽者一定動容。

第五，詩中欲說還休的含蓄美：這一首詩，我說可以寫成好幾萬字的小說，但若只有言情，則無法偉大，必需加上許多「言有盡而意無窮」的東西，才能成爲好小說。本詩情在詞外，狀溢目前，可以說十分具含蓄美，常常只有點出一些些，欲言又止。讀者若翻開《文心雕龍》，就知道：「情在詞外曰隱，狀溢目前曰秀」，秀與隱乃是詩法之境界高妙，非常人所能及也。

五、結語：古典與現代融合，耐讀耐品

作者的詩作，一直以來都介於明朗與晦澀之間，明朗可怕的是白而乏味，根本讀不出什麼詩意。但晦澀也十分可怕，根本不知所云，有時還有不學有術者充斥其間，魚目混珠。我很喜歡這一首詩，用字古典，又有深意，可以無盡的聯想。寫作手法現

代，不會陳腔濫調，適度的使用西方最現代的語言學之技法如雅克慎的「對等原理」，如語言學上的「表面結構」與「深層結構」，使詩能獲得喜歡古典與喜歡現代的人都同樣欣賞，十分不易。我樂於在此介紹給大家。

常言之中有妙處

——讀丁文智詩作〈鼻毛〉

一、詩選

鼻毛　丁文智

信不
一切不潔的我們都擋
濾清空氣才放行
這是我們的職責　因為
沒有哪種污垢

常言之中有妙處

尋找詩花的路徑

不覬覦
腑臟領域之豐闊

什麼先行混進　而後
繁殖　而後
破壞
門　都沒有

可　我們有時會被大修剪
為除一時之癢
而門戶大開
這不更似被砍伐殆盡的防風林
而　不再防風

二、詩的主旨

第一段寫鼻毛的功能在濾清空氣，擋住一切的不潔，使身體免於受損。鼻毛的職責，類似公司的警衛，社區的巡守，乃至於一個國家的防衛力量。

第二段寫任何污垢都會覬覦五臟六腑之豐闊，時時想乘機進擊，如同宵小，常想方設法，要偷公司之財寶，甚至一個國家，常有敵人伺機來犯，所以要時刻有提防之心。

第三段寫只要鼻毛守著，什麼污濁的空氣、病菌想要混進來，想借機會繁殖，進行破壞，門都沒有，形容防衛之盡心盡力。

第四段寫鼻毛有時因一時之癢而被大修剪，以致門戶洞開，如同防風林被砍伐殆盡，不再防風，一旦冬季海風吹來，所有海邊作物，將無一倖免。

詩人有所體會，想要表達自己所體會的觀念，抒發一己的意見，爲了含蓄起見，借用別的東西來說明表示，也就是轉化比擬，詩人以小喻大，以一喻萬，證之當前的時局環境，讀者可以深深體會詩人詩中之焦慮不安。

三、詩中的修辭美學

從前面的詩作主旨分析，任何人都可以說出和詩人相同或類似的道理，所以詩在言志之外，一定要加上修辭美學，使詩的說法生動。

詩一開始詩人就直接以聲音逼問：「信不？」，這種在平面文字裡，突然加上立體的聲音，頗能引起讀者的注意。本來修辭就有說話上的修辭和寫文章上的修辭，說話是用聲音，如今以文字表示，讀者要能看出其「聲音」，體會其「音響的震撼」，否則，警醒上的修辭就達不到其功能了。

另外第一段最後的「因爲」突然停住，直接開始第二段，造成修辭學上的延宕功能，引起讀者注意的用心和前面的「信不」一樣。第三段最後一行的「門　都沒有」，也是引起讀者注意的聲音表示法，詩在朗誦上可以更有音樂性，不會平板。

因此我讀這一首詩，一面用眼睛，一面搖頭擺腦加以誦念，果然感覺此詩在修辭上有言語修辭和文字修辭互相交揉之美。本來文學就是一種綜合藝術，古詩詞還常吟誦或加上弦歌伴唱。不過這一首詩，字裡行間之斷句、分行，有長有短，讀來頗覺有音響、時間之藝術，也有形象、空間之藝術，因此深受我之喜愛。

後來我求證作者，果然詩作刊出當天，便有眾多詩人打電話給他，盛讚該作之深受歡迎，想來對藝術之道，人同此心，心同此理。

四、寫作技巧初探

詩作除了內容主旨動人之外，寫作技巧也十分重要，如同人們說話，除了修辭藝術之外，如何運用各種技巧使讀者或觀眾被吸引住，那便是一個寫作者日夜用心的課題。

本詩除了以小喻大，運用修辭學上的技法外，我認爲還有一些技巧在裡面，值得詳加探討。

第一，表面道理粗淺，其內涵卻十分深遠。好像鼻毛十分粗淺常見，再深一層看防風林也十分普通，然而，喻之以「國家門戶之保護」，意義就不同凡響。

第二，從平淡無奇處下筆，然後再引申到抽象的大道理。鼻毛本來就稀鬆平常，除了讓人意外：「啊！鼻毛也可以寫詩？」外，也可讓一些本來想借平常事如大便、小便、性器官之抒寫者，感到「這平常之物件、器官也不定要用醜陋美學去呈現」。醜陋美學偶而爲之，若能呈現美感則善哉，否則嚇跑一般讀者，使詩引入死胡同，則罪大惡極。

第三，層遞法的使用也讓人欣賞，先從鼻毛擋不潔空氣，再深入到海岸的防風林，然後再引入詩中沒說，但讀者可以自行體會的「國家防衛」，層層逼進，卻又化爲無形，十分巧妙。

第四，破題手法獨特，以「信不」的反問句破題，有讓人意外之感，而且也會吸引讀者注意，「什麼事要我相信？」讀者馬上心裡想知道，到底發生了什麼，除了在前面修辭學上提過的它有「文字的音響」意義外，還有在破題上也算十分突出。

第五，對比反差十分鮮活，造成一種拉鋸的張力，生動異常。鼻毛在第一段出現時以擋住不潔的空氣爲己任，但污穢的空氣又時時覬覦想乘虛而入，因而形成戲劇上的拉鋸張力。同時因癢而修剪鼻毛，與砍伐防風林一樣的無知，對比人們自認聰明，其實相反的，愚笨無比。反諷有些人自認爲高明，卻讓國家門戶洞開，道理一樣。

五、結　語

早年便已出道寫詩的丁文智，在一九五六年參加過紀弦的「現代派」，後來改寫小說，一寫就是三十年，如今回過頭來寫詩，常常以小說技巧入詩，反而更加生動，如同黃春明、隱地、林文義一樣，在現代詩壇激起不小的漣漪。這些小說家的詩作共同特色是傳達的方法與讀者可以交通，這與一般詩人故作神秘狀而不知所云，讓人讀來痛苦萬分不同。本人有鑒於此，特別把自己讀到的這一首佳作，不憚愚陋，加以淺析，祈盼能引進更多的讀者，甚至於希望他們也來寫詩。